Yao Ming Kan

神秘列車

甘《カン》耀《ヤオ》明《ミン》　白水紀子［訳］

白水社
EXLIBRIS

神秘列車

目次

装丁　緒方修一
装画　Rodney Moore, RRM Works（For Toni）

うるわしき山河——日本の読者へ

甘耀明

本書に収録された小説の大部分は、私の生まれ故郷が舞台になっている。

私は台湾苗栗《ミャオリー》県の獅潭《シータン》郷で生まれた。故郷に対する私の最も複雑で深い感情は、すべて山と川から来ている。獅潭郷の地形は縦谷《じゅうこく》からなり、その両側が丘陵で、中央を流れる川が谷間を潤している。子どものころ、祖母と一緒に山に入り、こちらの山からあちらの山へと移動しては、夏は斗笠《ドウリ》に使う筍の皮を拾い、秋は工業用の油が採れる油桐《あぶらぎり》の実を拾った。売って家計の足しにしていたのである。私は山の中をゆっくりと移動した。林の中にははっきりとした道がなかったので、判断を誤れば、迷ってしまう危険があった。

祖母は山の物語を話してくれた。たとえば、彼女はかつて悪党の群れに遭遇したことがあった。それはアカゲザルの一群で、木から跳び下りると、吼《ほ》えながら、祖母のまわりをぐるぐる回り、まるでテレビから抜け出てきた悪役のように、しまいには袋の中の採ったばかりの筍を奪って行った。祖母はまたこうも言った、「もし山の中で突然人があらわれ、仲良く遊んでくれて、最後にご飯を食べにおいでと誘われても、絶対について行ってはいけない。なぜならそれは「魍神《もうしん》」だから」と。「魍神」は人の目をごまかす技をもっていて、ごちそうに出てくる鶏のもも肉は、実はイナゴの足と牛糞でできており、食べたあとは家に帰る道がわからなくなってしまうらしい。この台湾の伝説に出てくる「魍神」は、おそらく日本の伝承文化に見られる「神隠し」に似ているかもしれない。祖母はほかにもときどき先住民族の物語を話してくれた。山を一〇ほど隔てた先住民族の部落から嫁いできたからだが、ただ彼女は先住民族ではなくて、客家人《はっか》だった。客家人は漢民族の一支流で、生活圏は山地に隣接していることが多かったのだ。

祖父は川の物語を話してくれた。たとえば、その昔、川で蟹《かに》をとって生計を立てていたが、あるとき、あやまって川に落ちてしまった。川の深みにはまってもがきながら、自分の一生はここで終止符を打つ運命なのかと覚悟を決めたとき、思いがけないことに一筋のつるつるした影が彼を浅瀬に導いてくれ、溺死を免れることができた。祖父は私に言った。その影は、のちに静かな月光の下で祖父をじっと見つめていた、カワウソだったと。カワウソは私の故郷の川の常連だったのに、のちに汚染がひどくなって、見かけなくなり、ついには台湾のすべての河川から姿を消してしまった。こんなに愛らしい動物がいなくなったのはとても悲しいが、祖父が話してくれた物語のおかげで、彼らが今も私の頭の中で活躍しているのはせめてものなぐさめだろうか。最近の報道で、日本も乱獲や河川の汚染など生息環境の変化のために、カワウソが絶滅に瀕していると知り、とりわけ心配になった。

これらの奇妙な物語の真偽を疑っている読者がいても無理はないと思う。だが私は、祖父母が生活と向き合った勇気によって、あるいは想像の力で山河と向き合った勇気によって、山や川の物語がうまれ、これらの山河に貴重な宝物をたくさん残してくれたことに感謝したいと思うのだ。祖父母が話してくれた物語は、彼ら自身が体験したものとは限らず、またすべてが想像したものとも言えない。しかしだからこそ、彼らは私に美しい物語を聞かせてくれたのではないだろうか。

今日まで、日本は私が最もよく旅に出かける国であり、いたるところに美しく豊かな文化が息づいている。二〇一一年夏の猛暑日、私は広島を旅行し、広島市から山陽自動車道に沿って尾道へ向かった。その途中で見たなだらかな山脈と丘陵の眺めは、山上にかすかな雲霧が立ちこめ、とても感動的だった。それはとても素晴らしい、今でも忘れられない旅であったが、さらに私の心の琴線に深くふれた原因は、そこの風景が故郷である台湾の苗栗県にとてもよく似ていたから、つまり本書の小説に登場する大部分の景色に似ていたからだった。

そういうわけで、私は日本の山河に、より一層の温もりと親しみを感じている。中国南宋の詞人辛《しん》棄疾《きしつ》がこう詠んでいる。「我見青山多嫵媚、料青山見我應如是」。「目の前の青々とした山はなんて美しいのだろう、きっとこれらの山も私を同じように見ているに違いない」という意味である。これは実に道理にかなっており、私の大好きな詞だ。日本の山河も、台湾の山河も、どれもみな人々の人生が映し出された美しい影である。だから私は、私のペンから生まれた台湾の物語を、本書を通して日本の読者とともにわかちあえることを心からうれしく思う。私にとっては、大地に育まれて生まれた物語は、苦労して育てた野菜や果物と同じように、最も甘美で心を打つものだからだ。

『神秘列車』「自序」 永遠に終着駅のない列車

甘耀明

本書は十年間（一九九二〜二〇〇二年）の作品を収めたもので、私の人生で起こった幾度かの重要な転換と思索の跡がとどめられている。これらの作品をもう一度じっくり見返していると、文字の背後に隠しておいた記憶が、清らかな泉から湧き出る水のように、とめどなく流れ出てくる。二十歳のときの「掙脱（振り切る）」から近作の「神秘列車」まで、作品にまつわる人や出来事が、あざやかに目の前に浮かび、青春時代の苦しみと楽しみが、あたかも本書の出版によって、繰り返し複製され、繰り返し見直され学習されているようでもある。

十年来、それぞれの作品の創作過程で、私はいつもこんなことを考えていた。この小説はシリーズものに発展する可能性があるだろうか、言葉や風格やイメージの中に自分の特色を出すことができるだろうかと。一つの小説で新しい視野を開拓し壁を突破することは、たとえそれが非常に小さな一歩だったとしても、私にとっては、やっとの思いで成し遂げた成果だった。この長い歳月をかけた思索と、作品の実験を通して、私ははたして自分の期待どおりのものを完成させられたのかどうか――。幸い一冊の『神秘列車』が大きな音を立ててこの間の人生を通過し、私の旅の風景を映し出している。

同時に、この列車が永遠に走り続け、永遠に探求し続けるものであることも、私は知っている。

『神秘列車』（寶瓶文化、二〇〇三）より

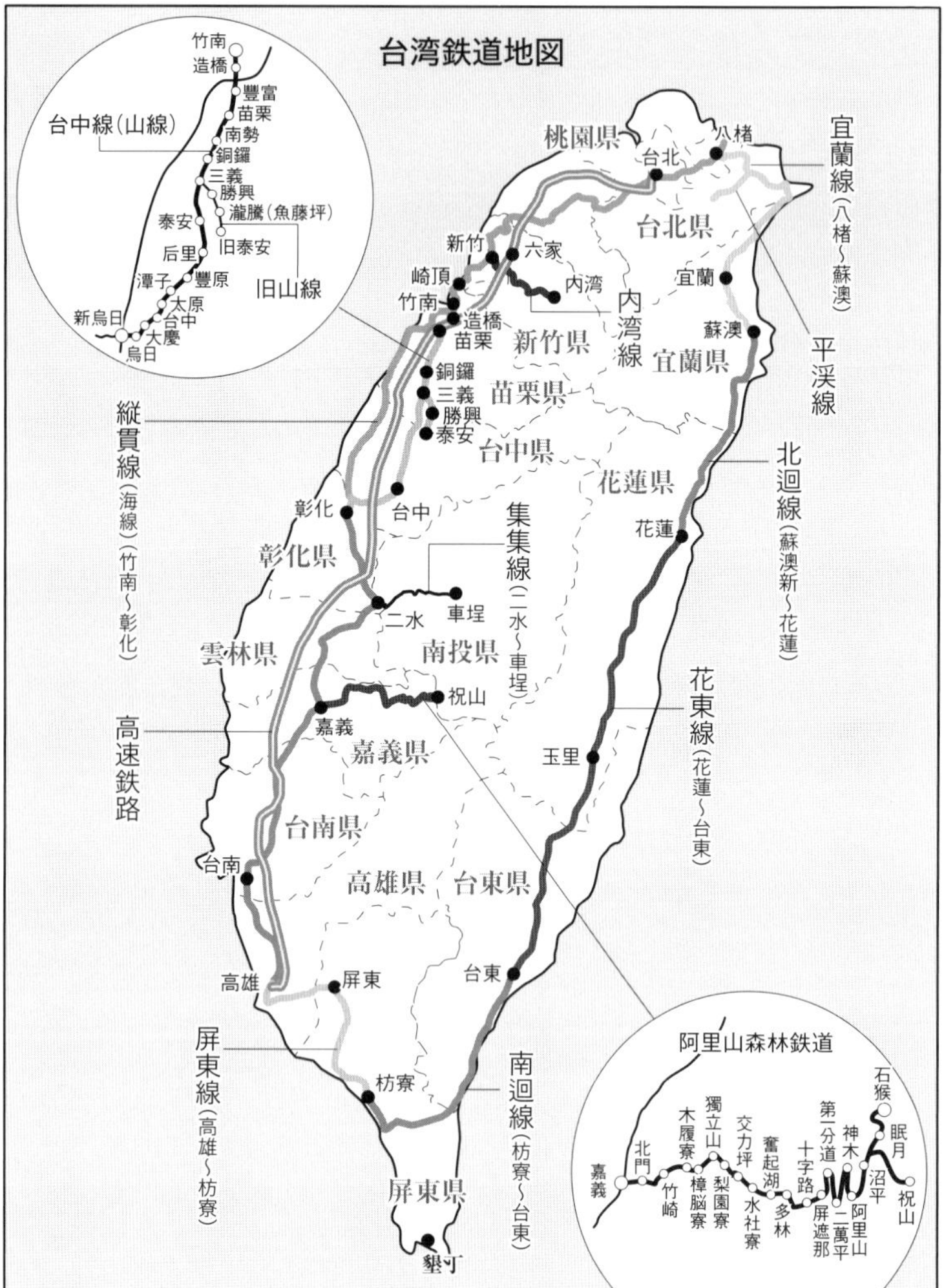
台湾鉄道地図
竹南
造橋
豐富
苗栗
台中線（山線）
南勢
銅鑼
三義
勝興
泰安
瀧騰（魚藤坪）
旧泰安
后里
潭子
豐原
旧山線
太原
台中
新烏日
大慶
烏日
桃園県
八堵
台北
宜蘭線（八堵～蘇澳）
台北県
平渓線
新竹
六家
内湾
崎頂
宜蘭
内湾線
竹南
造橋
苗栗
新竹県
蘇澳
宜蘭県
銅鑼
三義
苗栗県
勝興
泰安
台中県
縦貫線（海線）（竹南～彰化）
北迴線（蘇澳新～花蓮）
花蓮県
彰化
台中
集集線（二水～車埕）
花蓮
彰化県
二水
車埕
雲林県
南投県
花東線（花蓮～台東）
祝山
嘉義
高速鉄路
嘉義県
玉里
台南県
台南
高雄県
台東県
高雄
屏東
台東
屏東線（高雄～枋寮）
阿里山森林鉄道
枋寮
南迴線（枋寮～台東）
屏東県
墾丁
石猴
眠月
祝山
沼平
神木
阿里山
第二分道
二萬平
屏遮那
十字路
多林
奮起湖
水社寮
交力坪
梨園寮
獨立山
樟脳寮
木履寮
竹崎
北門
嘉義
制作・閏月社

神秘列車

少年は自転車を持ちあげ、そっと路地の外まで運んでから、急いで自転車に飛び乗り家を離れた。こうしたのには理由があった。自転車の泥除けがゆるんでいて、乗ると車輪に挟まれた犬のように悲しそうな鳴き声を出すので、用心深い隣人が窓から顔を出して外の様子をうかがうかもしれないからだ。何年もあとになって、この深夜の家出を回想するとき、ほんとうはそんな必要はなかったのだと思った。さなぎから脱皮したばかりの蝶《チョウ》のようにうろたえて、この世にその重みを引き受けてくれる風がないことばかり気にかけていた。もっと大胆に、もっと軽はずみに、もっと羽目をはずして路地を飛び出してもよかったのに。自転車が高らかに音楽を奏でるのは避けられなかったとしてもだ。

夜の看板の灯りが、少年の輪郭を淡く照らしていた。野球帽の下に、清潔でこざっぱりと切りそろえた髪を隠していたが、石鹸の香りまでは隠しきれなかった。猛スピードで走っていたので、服が風でふくらみ、さながら風に逆らって進む帆のようだ。夜中に家を出る快感を改めてかみしめ、いまにも風の波に乗って空を飛んで行きそうだった。ひっそり静まりかえった道路から、まれに車がスピードをあげて疾走する音や飲んだくれの怒号が聞こえてきたが、そんな音は少年の笑顔を少しも曇らせはしなかった。このちょっとした満足感は、古い要塞《ようさい》のような建物であるバロック建築の鉄道駅〔新竹《シンジュウ》駅〕にちょうど近づいてきたことによる。夜間照明の光の切れ目から、高くそびえる黒い影が突き出ていた。

列車がスピードを落とさずに通過し、光の弧を引きずって去って行った。長距離列車に乗るかもしれない、だがそれも想定のうちだ。微かな震動が、一陣の風にも及ばないほど弱々しかったけれども、町の人々の夜の夢を揺さぶったのを感じた。駅の待合室に立つと、列車はすでに遠く離れていたが、彼にはまだ残響を感じることができ、この古い建築物とどんなよもやま話をしていたのか聞き取ることができた。少年はポケットから小銭を取り出した。硬貨をぜんぶ数学のテスト用紙に包んでいたので、ポケットから小籠包《ショーロンポー》を取り出しているように見えた。丁寧に皮をめくって、中の濃い錆《さび》色をした一元硬貨をつまみ、一枚一枚自動発券機に投入した。窓口で切符を買うのが嫌なわけではなかったが、発券機にはある種の楽しみがあった。硬貨が機械に滑りこむ音に耳を傾けていると、鉄の車輪がレールの継ぎ目に軽くひっかかるような詩的な味わいがある。ガチャ、駅名に明かりがつく、ガチャ、また明かりがつく、ガチャ、また明かりがつく、ガチャ、近くの駅から遠くの駅まで、駅名の書かれたボタンが透明なオレンジ色に変わると、夜行列車の灯りが小さな駅を照らしているようで、旅に出たい衝動がわいてくる。ガチャ、ガチャ……。

改札の駅員が切符を受け取って、切符と少年をまじまじと眺め、それから制帽のひさしを下げて、眠たそうな目を隠した。駅員のじろじろ見る目つきは猜疑《さいぎ》の色を含み、鋭くてちょっと怖いくらいだったが、むしろ少年は喜びがこみあげてきて、まるで自分の胸につけた一枚の勲章が、さん然と光を放っているような気がした。

彼は思った。もし自分が改札員だったら、深夜の一時にプラットホームに入る少年に対して同じように好奇の目を向け、荒野にひとつなぎのダイヤモンドを掛けたように、夜行列車がどんなに美しいか褒めたたえただろう。そして、これが出かける値打ちのある旅であることを強調しただろう。

操車場にはたくさんの列車が留まっていた。四両連結のEMU500系電車、八両編成の貨物列車、それにディーゼル機関車が一台、それぞれ別の線路の上で、今宵の月の光を浴びていた。アルミの光沢をもった四両編成の電車、列車番号2510、早朝五時半にここから北上する電車だ、と少年は推測した。ディーゼル機関車には、さらに興味がわいたので、近寄って行って、夜間は車庫に入れておくべきなのにと思いながら、車両の間にある型番を確認した。急に、震えがとまらなくなった。なんと博物館に展示されている「R7」が、今、なめらかで美しい月の光を浴びているではないか。「まさか」と少年は思った。廃棄されたり使われなくなったりした、あらゆる型の列車が、今夜全部目を覚まして、この島の線路の上を疾走しながらお互い顔合わせをするのだろうか。もしそうなら、夜に神秘列車を探そうとしているのは正しい決断だったことになる。そう考えていると、「R7」ディーゼル機関車が恐竜の雄叫びをあげてディーゼルオイルのいい香りを吐き出し、大地が動き出したのを微かに感じた。

少年は根っからの鉄道マニアで、将来は台湾鉄道の職員になろうと決めていたし、趣味は硬券や乗り越し切符、鉄道写真を買うことと、汽車の記念グッズを収集することだった。常に最新の列車時刻表を持ち歩き、たとえバスに乗っていても、またパリやニューヨークの地下鉄に乗って放浪することを夢想しているときでも、いつも鉄道中心にすべてが回っていた。

遠くの柵のほうからベルの音がすると、夜間はひときわよく響き渡った。遥か遠くの地平線に灯りが一つ光り、線路が白銀の絹糸のように浮かびあがって、平快車《ピンクアイチャー》〔「平等号快車」の略で、快速列車のこと〕が軽快なリズムで駅に入ってきた。鋭い停車音とともに、風で服の裾がめくれ、体がしっとりと明るい真昼のような光に包まれた。光は車窓からのものだ。さまざまな思いがつぎつぎと頭に浮かぶ。洪水が河川に沿って水かさを増しながら猛烈な勢いで海に流れこむように、祖父もかつて乗ったことのある、あの神秘列車の姿が浮かんできた。今夜、ひとりで列車に乗り、祖父の伝説の中の神秘列車を探しに行こうとしていた。なんて愉快なことだろう。ほんとうにあの列車を探しに行くのだ。月光に乗って出発だ。彼は列車に乗りこんだ。快速列車の車両がちょっと震動し、まるで筋骨をほぐしているように、あちこちの連結部でジョイント音が響いた。列車が動き出し、後ろに流れて行く風景を眺めていると、もの寂しい光がともるプラットホーム、神秘的なR7ディーゼル機関車、居眠りをしている改札員が見え、それから一面真っ黒の風景に変わった。

深夜の車内にも乗客はいて、緑色の合皮の二人掛けの座席に横になっている。少年は通路を前に進んでいたが、車窓から流れこんで来る風とは逆の方向だったので、座席の背もたれにつかまりながら進んだ。車両を二つ過ぎたとき、ぷーんとカップ麺の匂いと騒々しい声がしてきたので、ふっとうれしい気分になった。若者が一〇数人ほど、トランプ遊びの「拱猪《ゴンジュー》」〔「ブラック・レディ」に似たゲーム。中国語圏ではスペードのQを「猪《ぶた》」と呼ぶ〕に興じていて、猪羊《ジューヤン》変色〔マイナス点の猪（スペードのQ）とプラス点の羊（ダイヤのJ）の正負が逆転すること〕になろうものなら、銅鑼《どら》や鈸《ばち》を鳴らしたような歓声があがった。一人の青年は続けて七回もスペードのQの猪《ぶた》のカードが来たのに、いつも手放さず手元に残したままで、一度だけ猪羊変色になったきり、ほかは毎回猪のカードをマイナス点で計算していた。少年は特にその青年が気になった。なぜなら彼が阿里山《アーリーシャン》森林鉄道の記念シャツを着ていたからだ。白黒二色のデザインで、上品な阿里山号が神木の紅檜《ベニヒ》の横を滑るように通過する絵が描かれ、辛酸をなめた老体の影は微塵もなかった。野の風が頬を撫で、窓の外の街灯が、まるでお化けが前に逃げては後ろに滑り落とされるようにあらわれては消えた。青年のシャツが広がって翼のようにぱたぱたと揺れると、なんとシャツに描かれた阿里山号も神秘的に車輪が回り出し、神木の丈も数フィート伸びた。少年は驚嘆の声をあげ、全身に力がわいてきた。たとえこのとき阿里山号が迫ってきて轢《ひ》き殺されたとしても、その車輪の下で死ねるなら本望だとさえ思った。

少年はさっそくゲームに加わったが、勝負はどうでもよくて、目は青年のシャツにくぎづけになり、今にもその絵の中に足を踏み入れんばかりだった。トランプゲームの合間の雑談で、大学生たちは夜行列車で墾丁《ケンディン》へ遊びに行くところだとわかった。まだ眠れないのでトランプをして時間をつぶしているのだ。おしゃべりしているときに、列車とすれ違い、強風がトランプを巻きあげ、強い光線と機関銃のような音が一度に飛びこんできた。誰かがあっけにとられて、言った。「なんだよ、あのクソ列車は？　あぁ、びっくりした」

「クソ列車なんかじゃありませんよ、列車番号８２の莒光号《きょこう》〔急行列車に相当。ほかに特急の自強号、準急の復興号がある〕です。二十一時二十一分高雄《ガオション》発、予定では三時十二分台北着。Ｅ２００形。途中駅の数は三十一。旧山線〔台中線（通称山線《やません》）のうち標高の高い三義→勝興→泰安→后里の区間を指す〕を通過する際には補助機関車を連結して牽引しないと、上り坂は進めません」。話していたのは少年で、うつむいたままトランプをめくっており、すべてが予期されていたような口調だった。

車内がしんとなり、風の音さえ池の死水のように静止した。これは自分に対する敬意だ、と少年は了解した。一〇いくつもの目に瞬きもせずに見つめられて、気づまりを感じ、立ちあがってそこを離れようとした。誰かが言った。「あいつも鉄道オタクだよ」。そう言われたのは阿里山森林鉄道の絵がプリントされたシャツを着ている青年だった。「くらべてみよう、どっちがすごいかなあ」。冷やかしを言う者がいた。少年は競争する気などなかった。鉄道は純粋に趣味で、能力とは言えなかったし、趣味は議論できても競い合ったりするものではない。しかしこのときは窮地を脱することができず、人の壁に取り囲まれてしまった。

「神秘列車、みんなは神秘列車を知ってますか?」少年は声のボリュームをあげた。少しのあいだ水を打ったように静まりかえっていたが、あの青年が口を開いた。「君が言っているのは旧山線を走ったという神秘列車のことかい?」

学生たちは驚嘆の声をあげた。「さすが鉄道オタク、すぐに答えた、すぐに答えたぞ」

「前にネットでそういう文章を読んだことがある」。青年は声を大きくしてつけ加えた、「でも、伝説にすぎない」

少年は少しがっかりした。その文章は彼が書いたものだったのだ。実際に、光を放って走る神秘列車が、どうやって漆黒の山の中の小さな駅から祖父を乗せて連れて行ったかを知る者はいなかった。少年は祖父が話すのを一度聞いたことがあるだけだ。八年前の午後、宜蘭線《イーラン》の「平快」196号に、祖父と孫の二人連れが静かに乗っていた。

「この世界には、ほんとうにおもしろい汽車があってのう」。祖父は杖で床をとんとんとたたいて、車両が本物かどうか確かめるような動作をしてから、話を続けた。「時刻表には載っておらん汽車だがな」。ついに家族の謎に包まれた出来事に触れた。祖父が話すのを聞いたのはこのときが最初で最後だった。口調は風雨の中をしゅっしゅっと突っ切って走る列車に似て、風雨が打ちつける轟音も混じっていた。当時の祖父は三十五歳前後で、やむなく苗栗《ミャオリー》の山間部に逃げこんで樟脳《しょうのう》の製油作業をしていた。ある日の深夜、人づてに祖母が交通事故に遭い、危篤状態だと知らされたので、走ったり歩いたりしながら一時間かけて勝興《ションシン》駅〔海抜四〇一・九七メートルの、台湾で一番海抜が高い旧山線の駅〕に駆けこんだ。服は水から引きあげたばかりのように汗でびっしょり濡れていた。時刻表を見ると、朝の六時まで汽車が来ないことがわかり、そこで待つことに決めた。待っているあいだに服が乾き、焦るあまりまた全身に汗をかいて、祖父は両手を合わせて、神様に情けを乞うた。神様どうか私にご慈悲を、なんとか汽車を出してください！　するとほんとうに神様が哀れに思われたのか、列車のライトが一つ、トンネルの奥から大きな足音を響かせながら近づいてきた。ライトは最後に独眼の巨竜に変わり、雷鳴のような汽笛を轟かすと、頭上に天を吹き飛ばす勢いで蒸気を吹きあげ、山じゅうの青葉が蒸されて、すがすがしい香りがあたり一面に漂った。そうなのだ、当時、勝興は十六份《シーリュウフェン》駅と呼ばれた小さな駅に過ぎず、切符にも駅名が印刷されることのない駅だったのに、なんと列車は停車して祖父を乗せてくれたのだ。「ほんとうにたまげるような汽車で、線路も震えだしたくらいじゃ」。祖父は目をつむって言った、「そうして家まで乗せて行ってくれたのだよ」

この出来事は、誰に話しても首を横に振ったので、少年は大学生たちの表情が理解できた。しかし、彼はこう思った。神秘列車の存在を信じたからといって、生活に何か不利益が生じるわけでもない、反対に楽しみが増えるというものだ。神の存在を証明できなくても信者たちの信仰の妨げにならないのと同じだ。信じさえすれば、この世界には風を切って走る神秘列車が永遠に存在する。そして線路と枕木がその重みを受け止めるに値する、驚くべき勇姿が浮かびあがってくるのだ。少年が視線を大学生たちの方にぐるりと這わせると、窓の外に滑らかな輪郭を残して駅が流れて行くのが見えた。彼は声を張りあげた。

「今晩、神秘列車を探しに行くんだ」

学生が一人、二人、持っていたトランプを落として、かすかに笑い声を立てた。少年はその様子を無視し、自信たっぷりの表情を見せることで、神秘列車が正真正銘の一筋の光であり、ただ一時的に太陽の光に遮られて見えないだけなのだということを示そうとした。彼は一枚の写真を取り出した。写真の中で祖父は列車の座席に腰かけ、顔の部分が採光不足で黒くなっていた。少年は言った。「祖父は神秘列車に乗ったことがあるんだ」。「それでどうなったの？　それから？」一人の大学生が尋ねた。同じような質問を、少年も祖父にしたことがあった。祖父が言うには、神秘列車がごぉーっという音とともに勝興駅に停車すると、すべてのものが垂直に立ってかたかたと震動したという。ここまで話すと、祖父は彫像のように沈黙した。少年は続きの言葉が聞けないとわかると、座席を離れて車両の前に行き、その白黒写真を撮ったのだった。祖父の表情からは何一つ知ることができなかったが、その背筋をぴんと伸ばして静坐《せいざ》する姿は、風や速度がなくても意のままに移動することができる、まさに上の世代の人たちの気構えを示しており、自分の言葉には責任をもつ誠実さが感じられた。写真は少年を納得させたので、そこでもう一度学生にきっぱりと言った。

「僕は神秘列車を探しに行くんだ」

写真をしまい、最後尾の車両へ向かって移動した。そこでは線路の変化をはっきり見ることができた。車両をいくつか通り過ぎているあいだ、ほとんど乗客を見かけることはなく、蛍光灯の明かりだけがすべての空間を満たしていた。そのおかげで、列車が駅に入る直前、分岐線を通るときに出すレールのきしむ音を非常にはっきりと聞くことができた。車両に老人が一人乗っていたので、そのボックス席の向かい側を選んで腰かけると、座席がまだ温かいことに気づき、おやっと思った。直前まで座っていた乗客のものだろうと推測して、すぐに老人に向かって言った。「たった今までここに座っておられたでしょう？それからそっちの席に替ったのですね」。老人はびっくりして振り向き、微笑みを浮かべて言った。「どうしてわかったのかな？」とても正確で美しい発音だった。少年は立ちあがって、老人の隣に座り、視線をちらりと逆風を受けている窓の外にやった。「あなたは窓の外を見ていて、列車がカーブしたのを知った、そうですよね。カーブはこっちの席でなければ見えませんから。あなたはきっと汽車マニアだ。それぞれの鉄道区間の弧度《ラジアン》に熟知しているのは汽車マニアだけですよ」。夜の列車が大きく右に傾き、全車両が少年の目に飛びこんできた。それぞれの窓から透けて見える光は、提灯を手に荒野の中を進む旅人のように、風景を揺らした。このときの記憶をとどめるためにカメラを持ってこなかったことを悔やんだりはしなかった。大半が夜景で捉えがたく、また忘れられないものばかりだったが、結局は髪の生え際をさっと通り過ぎていく一場のはかない夢のようなものだったからだ。

「あなたは神秘列車を知っていますか?」少年は言った。

「神秘列車とは何のことかな?」

「それは一度乗ったら、二度とあらわれない列車のことです」

老人は少し考えてから、真剣な顔でうなずいた。少年はとても驚いたが、いくら待っても何も話してくれないので、また言った。「僕の祖父は乗ったことがあるんです」。なんとしてもこの話題に引きつけて、老人の干からびた唇に何か語ってほしかった。二人が顔を見合わせたまま黙っているその感覚は、幼いころ祖父と長い汽車の旅に出たときのことを思い出させた。祖父は少年を連れてあちこちの汽車に乗った。花東線《ホアドン》、南迴線《ナンフイ》、旧山線、宜蘭線《イーラン》、阿里山鉄道、内湾線《ネイワン》あるいは平渓線《ピンシー》。一度の乗車時間はいつも半時間以内で、無名の小さな駅で下車すると、駅の外に出てちょっとぶらぶらして、また切符を買って旅を続けるのだった。そのときの切符の半券は全部とってあり、切符には下車した駅のスタンプが押してあったりボールペンで使用済みの線が引かれたりしていて、並べるとちょうど島の形になった。祖父は言葉数が少なかったので、少年はいつも視線を祖父の体の上に注いでいた。日本式建築の小さな駅で、祖父は駅を通過する列車にとりわけ注意を払った。まるで何かを待っているように、夜のとばりが降りて周りがよく見えなくなったころ、ライトを朝日のように輝かせて走ってくる列車があると、祖父の目はさらにきらきらと輝いた。しかし、少年は知っていた。どの列車も全部時刻表にあるものだということを。

列車が南に向きを変えると、老人が振り向いて言った。「もし間違っていなければだが、それは蒸気機関車のはずだ」。「どうして知っているのですか?」少年が立ちあがると、帽子が風で飛ばされそうになった。「あなたはきっと乗ったことがあるのですね!」老人がまたうなずいた。

その老人が十歳くらいのころ、避難してきた人で駅も車両も、そして車両の上も線路もごった返していた。彼の父親は仕方なく太い縄で彼を先頭車両の手すりに縛りつけて、泣きながら言った。「お前の運命に賭けるしかない」。汽車が走っているあいだ、石炭の煙で燻されて黒人の子どものようになり、眠りから覚めると泣き、泣くと腹がへり、腹がへるとなんでも食べた。風を食べ、雨を食べ、石炭を食べて、一昼夜が過ぎたとき、鉄道労働者が彼の襟を持ちあげて言った。「仕方ないなあ、神様はお前を見放さなかったんだな、早く中に入れ」。その汽車は天命を犯すように走り、石炭を燃やす釜が破裂しそうなほど走り、鉄の車輪もすり減って小さくなった。老人は言った。「それは君が一生乗ることも、再びあらわれることもない汽車だ」

汽車にまつわる話を聞き終わると、探している神秘列車ではなかったけれども、少年は幸せな笑みを浮かべた。静かに老人を見つめながら、いつか自分もこのように年を取って、顔に線路のような深い皺《しわ》を刻み、額の隅には石炭のようなシミができるのだろうと思った。そのときには、彼も夜汽車を選んで、人生の旅の途上で出会った駅の風景を一つ一つ回想するかもしれない。そのときになれば、もしかすると一種不思議な力が備わって、汽車がどのように風と対話しているのか、どのように光で距離の遠近をはかっているのか聞き取れるようになっているかもしれない。つまり彼は、汽車には生命があり、ただ人がこれまで気づいていないだけなのだと思っていた。その不思議な力が十分に大きくなったとき、彼はほんとうに、ごぉーっと長い音を立てて走る神秘列車を見ることができるのかもしれなかった。

老人と別れて、車両の一番後ろまで行くと、一本の鎖が掛かって行き止まりになっていた。ここからの風景は格別で、線路のそばの信号、トンネル、建物、人影が速度に比例して縮小していき、映画の特撮をじかに見ているようだった。すべてがカーブの後ろに消えてしまうのを待っていれば、汽車が神龍《しんりゅう》の尾を振って、また驚くような風景を引っ張り出してくるかもしれなかった。少年は振り向いて車両の中に戻った。体は少し疲れていたが、気持ちはひどく高ぶっていた。列車長がやってくるのが見えたので、ポケットを探って切符を取りだし検札を待った。

「勝興ですか？」列車長は切符を見終わると言った。「神秘列車を探しているんですね。もし見つからなかったら、六時半の普通車で北上するしかないですよ」

少年はびっくりした。列車長がどうして何もかも知ってるんだ？「学生たちがしゃべったんですね」

列車長は微笑んでうなずき、背を向けて歩きだしたが、数歩行ったところでまた戻ってきて言った。「私も信じ始めたばかりですよ、この路線にはほんとうに神秘列車が走っているのではないかって。実に素晴らしい伝説だ」。もしかしたら旧山線のトンネルとトンネルの間に時間の磁場があるのかもしれない、あるいはトンネルが時間の扉で、古い蒸気機関車がタイムスリップしてきて、また戻って行くのかもしれない。

列車長は少年と鉄道の経験を語りあい、そこを離れる前に、カバンから一枚の切符を取りだして少年に渡してから言った。「これが神秘列車の切符かもしれないよ！」少年は切符を持ったまま、鼻の穴を大きく開いて息を吸いこみ、自分の手が今、一般の硬券より長さが二倍ある夢の逸品を握っているのが信じられずにいた。それはなんと三等車両の旧地紋様の指定席の硬券で、それには烏日《ウーリ》、潭子《タンズ》、后里《ホウリ》、三義《サンイ》、銅鑼《トンルオ》、南勢《ナンシ》などの駅名が印刷されていた。勝興がなかったので、その頃の快速列車はほんとうに勝興には停車しなかったことがわかる。少年は山ほど硬券を収集していた。この指定切符は疑いなく切符コレクションの中では短去回〔長さが短い往復切符〕、紅復異〔中央に赤いラインの入った復興号の、同一行程で異なる等級の車両に乗車可能な切符〕、剪断莒異〔もぎり式、莒光号の同一行程で異なる等級車両に乗車可能な切符〕、中孔〔切符を百枚ごとに束ねるために開けた穴が中央にあるもの。穴の位置は一九七九年に中央から端に変更された〕、あるいは旧地紋様の硬券の中でもレアものだった。しかし、少年には収集したすべての中で、父がくれた硬券が最も意義のあるものだと知っていた。それは一束のとても分厚い平等号の子ども用切符で、どれも新竹と台中間の往復だったが、裏には「共匪必滅、暴政必亡！」や「反攻第一、勝利第一！」などの文字が印刷されていた。少年はそのときにはじめて、父が小学生の頃、祖母がたびたび一家を連れて台中の中山公園に遊びに行っていたことを知った。毎回往復するときに、一家は窓側の席を取らされ、指定席のときは、祖母はきまって切符売りの人と口喧嘩をして、何が何でも窓側で、窓側でも窓の柱に遮られていない席を買おうとした。休みのたびに出かけて行き、台中はもう飽きるほど遊んだのに、それでも祖母に無理やり連れ出されたのだった。その当時、学費さえも頻繁に親戚から借金をしていたのに、家族五人はこれだけ多くのお金を無駄使いして汽車に乗っていた。車内では家族が離れて座ったので、父がつい兄や姉と遊んでしまうと、しょっちゅう祖母から叱られ、仕方なく巻き上げ式ブラインドを上げて、窓にくっつくようにして外を見ていた。汽車が山線に入って、山を抜け、橋を渡るとき、坂を上るためにいつも速度をかなり落とすので、付近に住む山間部の住民はその機会を利用して列車から飛び降りていた。父の最大の楽しみは、乗客が飛び降りる格好を見ることで、卵の入った籠を二つ提げて上手に降りる人もいれば、頭から谷間に突っ込んで怪我をする人もいた。その日の夕方、家族全員がほんとうにびっくりする事が起こった。つまりこうだ。列車がふーふー喘《あえ》ぎながら徐行をしているとき、ある人が田んぼのほうから追いかけてきた。野薑花《ジンジャー・リリィー》を胸にいっぱい抱えていたので、長い足をした野花がどんなふうに野原、山道、小さな渓谷、草むらを越えて、最後に列車のところまで追いかけてきたかを父はよく覚えていた。まるで童話の中のお話のようだった。父が窓に顔を押しつけて目を凝らすと、白い花の中から一本の腕が伸びてきて、何度か試みてようやく後ろドアの両脇にある鉄の手すりにつかまったのが見えた。そして両足で砂利を何度も踏んだり蹴ったりしてから、やっと階段に足を掛けて這いあがり、花を抱えて入ってきた。祖母はその人に向かって覆いかぶさるように駆け寄っていくと、激しく泣きながら、花びらをかき分け、真っ白な中から祖父の顔を探しだして、二人は映画の中の恥知らずな外国人のように抱きあった。風が吹き抜けていったが、祖父の体に縄であちこち縛りつけられた野薑花《ジンジャー・リリィー》は吹き飛ばずに、さらに甘く魅惑的な香りを放った。祖父は子どもたちの頭をなで、頬をつまみ、花をプレゼントしてから、列車を跳び下りて消えていった。父の兄や姉たちはようやく飲みこめた。何年も逃げていた祖父は、実は山間部に隠れて樟脳の製油を生業としており、家族そろって毎回列車で往復するときに、全員が顔を窓に貼りつけるようにさせられたのは、祖父に見せるためだったのだ。

早朝二時半、少年は勝興駅で下車して、列車が遠ざかって行くのを目で見送った。列車は狭い二号トンネルの北口に逃げるように入って行き、低く抑えられたパンタグラフから火花が飛び散って、時間の扉の中に入って行くようだった。車両の後ろドアから漏れる光が暗闇に消えてしまうと、彼はようやくトンネルに背を向けて操車場のそばの小さな溝のところまで歩いて行った。月光の下で、きれいに並んで咲いている野薑花《ジンジャー・リリィー》の香りがそこはかとなく漂い、家族全体を騒がせたとも言えるあの香りが、このとき清らかな風にのってゆっくりと流れていた。この揺れ動く芳香は、祖父が楽しそうに山奥の野花を全身に挿して、列車とその列車に乗っている家族に捧げ、自分の沈黙の言葉の代わりとし、深刻な家族の記憶を完成させたことを少年に確信させた。少年はこの花を摘んで、たとえ一晩じゅう待たされたとしても、駅に到着する列車ならどれにでも捧げようと決めた。再びプラットホームに戻ったとき、胸に花束が増えたので、暗い色にまとめられたプラットホームにぱっと明るい光の花が開いた。

待合ベンチに座って、少年はこの二つのトンネルの間に位置するひっそりと静まりかえった小さな駅を観察した。枕木をいっぱい積み重ねたぼろぼろの道班房《ダオバンファン》〔鉄道作業員の休憩小屋〕、灰色の瓦の平屋、孤独な街灯、そして深い眠りについている連山。遥か昔のモノクロの時代に、祖父もかつてこうして待っていたのだろうか。あるいは、汽車が来ますようにと祈っていたのだろうか。ときどき少年は、祖父が乗ったのは実は普通の列車だったのではないかと思うこともあった。長い旅路に加え苦しく辛い思いをして待っていれば、記憶が強烈な旅路ほど回想の中では多情で神秘的なものに変化してしまうものだ。もし、ほんとうの出来事だったら、なぜいつもそのときの旅路のことを話すのを避けて、家族の記憶の中に神秘列車をつくりあげるようなことをしたのだろう？　家族に残した記憶は、電子チケットのように一定の期間が過ぎれば跡形もなく消えてしまうものではなく、反対に収集すべき、だが世間に公表することを願わない、特製の名刺サイズの切符のように、おおいに興味をかき立てるのだった。

列車のライトが見えた。真っ黒の二号トンネルから浮かびあがり、俗称土虱《ひれなまず》と呼ばれているE1000系2P動力集中方式の自強号が駅を通過しようと迫ってきた。少年は立ちあがって歓迎の視線を送った。自強号はゆっくりと駅に入り、ぎーぎーと音を立てて停止した。「自強号がここで待ち合わせをするのか？　特急が快速列車を待つなどめったにないはずだが」。どう考えても納得がいかないでいると、排気バルブを全開にする、しゅーっという音がして、制帽をかぶった列車長が列車から跳び下り、大きな声で言った。「おい君、乗りなさい！　次は六時半だろ！」

まさに至福の時だった。この世に自分のために停まってくれる特急列車があるなんて。少年は感動した。きっとさきほどの列車長が知らせてくれたにちがいない。少年は列車のドアのところまで走って行って、胸に抱えた花を置き、列車長に向かって手を振って言った。「六時半のに乗ります。ありがとうございます」

　列車長は一つにつないだ鍵の山をガチャガチャと振って大きな声で言った。「神秘列車に会えるよう祈っているよ」

　発車音が山に立ちこめる霧を突き刺すように鳴り響き、ドアがガチャンと閉まって、車体はゆったりと前方へ動き出した。少年が前に一歩近づいて、車体を軽くたたいてみると、手のひらに強大で頑丈な列車の重みが伝わり、かすかな痛みを覚えた。彼は車体につかまるように手を置いて、数歩歩いてから走り出し、プラットホームの端で、列車を進行方向に力いっぱい押し出した。するとそのとき、窓の中で野薑花《ジンジャー・リリィー》が風の中にいるように小刻みに震えながら揺れているのが見えた。夜はさらに深まり、さらに冷えこんできたが、列車が通過して風が生まれ、温かく少年の袖をめくって、遥か遠くの道の果てへと消えて行った。地球全体がその夜行列車の滑るような運行を感じ取っていた。

　ベンチに戻ると、ふたたび祖父の白黒写真を思い出した。写真は、車両の中が闇夜のように真っ暗で、数十ある窓に真昼の光が差しこみ、祖父の輪郭が淡く白く光って、非常に強いコントラストをなしていた。よく見なければ、まるで暗黒社会の牢獄《ろうごく》のようだ。どの駅の間を旅したときの写真だろう？　少年はこれ以上思い出すすべがなかった。覚えているのは、祖父の最後の歳月の中で、祖父と孫の二人連れが絶えず列車に乗って、簡易駅や無人駅で下車し、列車が雷のような轟音を響かせて地面を揺るがせながら通過するのを眺めていたことと、切符を売っている職員の手が、マホガニーの古い切符棚の何百ものマスの上を這い、その中から半額切符を二枚取り出して、メトロノームに似た日付印字機にしっかり通し、乗車日を印字しているのを静かに見ていたことだけだった。遥か遠い旅の中で、祖父と孫の二人連れは並行して走る線路のように、何かを尋ねたり、話したりすることもなく、とてつもなく大きな秘密を背負っているかのように重く沈んでいた。それで、少年は黙々と祖父について旅をし、汽車に世界全体を揺り動かさせて、あるような、ないような神秘列車を探しまわった。少年はその神秘列車が祖父を家まで送り届けなかったことをはっきり知っていた。祖父は家の門をくぐる前に、数人の男に行く手を阻まれ強制連行されて、火焼島《フオシャオ》〔一九四九年に緑島と改称された台東県に属する島。日本統治期に重犯罪者を収監する監獄が設けられ、戦後も一九八七年に戒厳令が解除されるまで政治犯が収監され、一般市民の渡航は制限されていた〕に二十年間監禁された。そして祖母が危篤だというのはデマに過ぎなかったが、彼女は永遠に待ち続けた末に死んでいった。もし神秘列車に乗る代価がこういうものであるならば、少年は知りたかった、祖父は深夜に列車に跳び乗ったりしただろうか？　これは少年の心の中の永遠の疑問だった。どっちだろう？

　この疑問は、まるで列車が少年を連れて無数のトンネルを出たり入ったりして、真昼の光をちょうどつかみ取ろうとした瞬間に、ふたたび完全な漆黒の秘境に落ちていく、永遠に終わりのない旅のようだった。旅は終わりがなかったので、夢を見ているようでもあり、また目が覚めているようでもあり、輾転《てんてん》反側するばかりだった。南下する莒光号《きょこう》がちょうど駅を通過していくのが微かに聞こえた。一号トンネルから駅に入ってきて、一匹の猫のように目を見開いて明々とした視線を放った。さらに微かに蒸気機関車特有の運転音が、そっと柔らかく谷間に響いているのが少年には聞こえた。瞼《まぶた》を開けて見ようとしたが、目が覚めたかどうかはっきりしなかった。そう、あまりにも暗くて、文字どおりの暗黒で、祖父が病気で亡くなる前の病室に戻ったかのようだった。

「カーテンを開けてくれ!」

少年は祖父の言うことを聞いて、病院の布のカーテンを開けた。

強烈な光が、暗い夜の列車のライトのように、どっと流れこんできて、窓の外の雑然とした風景を照らし出した。遠方に、電車が高架橋を滑るように走って行き、大きな音がしばらく続いた。

それは、南下する莒光号が駅を通過するときの風を切る音だった。その瞬間、北上する車道にも光があふれ風がわきおこり、振り向くと、列車のようなものが、月と雲を突き通す光に包まれ、安らかな汽笛を響かせた。少年は驚きも、喜びもなく、光を放つ列車が水のように静かに、短く迅速に線路の両側のラインを照らし、彗星の光の尾を引きずって、蝶の鱗粉のような光の粒をはらはらと落とすのを見ていた。手を伸ばして車体に触れてみたが、朦朧《もうろう》として夢を見ているようで、光のかたまりはとてもやわらかく、まるで波に映る月光、無尽蔵の温かな光のようだった。これが神秘列車なのか？　眠りから覚めたばかりのように、ぼんやりと軽く揺れ続ける月台《プラットホーム》に立った。二つの列車が光の壁を明るく輝かせて、北と南に、小さなプラットホームの島を照らしながら、こんなにも真実に、またこんなにも幻想的に交差した。少年は目を閉じた。あぁ、この感覚！　自分は夢の中にいるのか、それとも夢の外にいるのか？　こうして夢の中の光へ入って行くのは、なんとうれしいことだろう。だがすぐに、訳もわからずに喜んでいることに憂いを覚えた。この光の列車のことをどう話せばいい？　永遠に存在しない一瞬のようでもあるのに、さらに多くの時間をかけて考えをめぐらせ、これからも悩み続けねばならないのか。その光はひとたび去れば永遠に戻ってこない。祖父はこうして夢の中に出入りし、痛みを抱えながら説明能力を失って、名もない憂いの中で一生を送ったのではないだろうか？　一生の憂い。ここまで考えると、胸に温かいものがこみあげてきて、プラットホームが小刻みに揺れながら浮きあがり、零《こぼ》れ落ちる月光に沿ってどんどん高く昇っていくような気がした。

とても明るい、ほんとうに最大光度の明るさをもつ光だった。病院の中の祖父はまた目を閉じて暗黒の中に入った。

「今日はおじいちゃんの誕生日だから、僕、すごく面白い汽車の絵を描いたよ」

少年は巻いていた画用紙を開いて、想像を寄せ集めて描いた神秘列車を見せた。雄壮なＣＫ１２４蒸気機関車がもくもくと煙を吐いて、荒野に向けて突き進んでいる。しかしその絵は病院の窓の外から差しこむ光を強烈に浴びて、思い思いに屈折した光と影になった。

ほかの従兄弟たちが汽車の車両にふんし、自分たちの父母の顔を描いた絵をかぶって、汽車ごっこを始め、楽しげな笑い声があふれた。

祖父はその絵を見たが、まぶしすぎたのか、顔を背けて、肩を震わせて泣き出した。少年はこの一幕に気づかず、目が痛くなるほどまぶしい汽車の絵を手に持って、相変わらず楽しそうに笑いながら読みあげた。汽車はもうすぐお家に帰る、ポッポポッポ、シュッポシュッポ、シュッポポッポッ、飛ぶように走る、勝興、三義、銅鑼、南勢、苗栗、豊富、造橋、竹南、崎頂……

伯公、妾を娶る

伯公《バッゴン》〔客家語《はっか》で土地の神様のこと〕が妾《めかけ》を娶《めと》る日、村長は三百本の伯公杖を畦道に挿し終えた。その竹の杖は道教の法会の際に立てる提灯の竿そっくりで、風に吹かれてひゅーひゅーと驚いたような音を出し、お祭り気分でにぎわっている関牛窩《グァンニュウオー》をすっぽりと覆った。村びとがじきにその音にも慣れ、竹の杖の下に木彫り模様のある祝いのテーブルを並べて、その上に鶏豚魚の三牲《さんせい》や酒、梨五個、数段に積み重ねた福金《フージン》〔伯公のための金色の紙銭〕をお供えしていると、恩主公《おんしゅこう》〔関羽《かんう》が神格化された関聖帝君《かんせいていくん》のこと〕からお祝いにいただいた小さな神輿《みこし》が蚤《のみ》のようにぴょんぴょん跳ねながら、小伯婆《シャオバッポ》〔伯公の妾。正妻を大伯婆と呼ぶ〕を乗せて関牛窩に入ってきた。村びとは道を縫うように立てられた竹の杖を迂回して川の土手に集まり、このでたらめな縁結びの行事を眺めながら、うれしくて口元をにっこり緩ませた。採茶戯《ツァイチャシ》〔茶摘み歌劇〕の劇団、山歌の劇団、獅子舞隊が日夜を分かたずにぎやかに上演する中を、爆竹《ばくちく》のぽんぽんという音でクライマックスを迎え、妾のご神像を納める儀式が始まった。参拝にやってきた村びとたちは押し合いへし合いもみくちゃになり、こともあろうに伯公杖を数本倒してしまった。

麻竹《まちく》でつくったその杖は高さが一〇数メートルあり、先っぽに赤い糸で福金が縛りつけられ、伯公が廟に帰るときの道しるべだった。三百本目の伯公杖が立てられたとき、村長は頭にかぶった保安用のヘルメットをかきながら、家の前に立ってこれでよしと強くうなずいた。オニールも祭りの仲間に加わるつもりでうなずいて、妻の張秀妹《ジャンシュウメイ》に英語で尋ねた。

「土地の神様はこれでもう廟に戻ってくることができるの?」張秀妹はうなずいて、にこにこしながら村長に言った。「父さん、あなたの娘婿が言ってるわ、父さんはほんとうにすごい、伯公はきっと廟に戻ってくるだろうって!」村長ははっはと笑って、二人の黄色い皮膚に黒い髪の、だが高い鼻をした孫を撫でながら言った。「伯公が廟に戻ってきたら、おじいちゃんがご祝儀をあげるからね」。二人の混血の孫は母親が指を鳴らす音を聞くと、客家語で言った。「おじいちゃんのおかげです、ほんとうにありがとうございます」。そばでずっと静かに伯公杖を揺すっていた長男の息子の張萬生《ジャンワンション》も、口を挟んで仲間に入り、ご祝儀の分け前にあずかろうとした。村長は腰に手をあてて大笑いし、みんなに竹の杖をしっかり揺するよう言いつけ、伯公が戻ってくるまで続ければ、天下はきっと太平になると言った。

このとき、長男の嫁が三牲のお供え物を持って妾の神様を迎える支度に出てきて、息子の張萬生に手伝いなさいと叱りつけた。張萬生は竹の杖を葉がほとんど落ちるほど揺すっていたのに、母親から叱られたので、しきりに従兄弟たちに目配せをしてふざけあった。村長はその様子を見て言った。「なんでも参るが、あの神様ばかりは参るわけにはいかんだろう?」嫁は頭をあげて言った。「もう嫁入りしたのですから、いつかはお参りしなくてはなりません、今みんなと一緒に参ったほうがいいですよ」。村長は嘆いて言った。「水《シュイ》徳《ダア》は戻ってきたか?」嫁が首を振ったので、また言った。「あいつが大陸でそんなことができるなんて、伯公と同じじゃないか、いっそのことぜんぶ伯公のようになればいいんだがなあ!」オニールは相変わらずわかったような、わからないような顔をして頭を振り、伯公杖をおじぎしているように揺らして、つい思わず北京語で、「伯公はなんて運がいいんだろう、台湾では神様は特別だね」と褒めそやし、さらに舌の先を反らした北京語で「齊人之福」〔春秋戦国時代の齊の人で妻と妾がいる男を、幸せ者だと褒める一方で、妻と妾のいさかいが絶えないので、一方で嘲笑った言葉〕という四文字を言った。張秀妹が止めようとしたが手遅れで、オニールの褒め言葉を耳にすると、村長の顔に浮かんでいた笑みがさっと引いて、両の目から怒りの炎が吹き出した。村長はオニールに向かって、伯公が廟に戻ってくるようにもっと力を入れて揺すりなさい、ごらんのとおり関牛窩は乱れてしまった、とずけずけ言ってから、大きな声でみんなに言った。「伯公が姿を消すと、世の中がすぐに乱れてしまう。こんなんでいいはずがない」。言い終わると門の入り口に止めている老野狼《ラオイエラン》ブランドのバイクのほうに走って行った。

爆竹のぱんぱんという音が村に突入し、四人の男に担がれた神輿《みこし》が浮雲のように、艶めかしくふんわり漂って村に入ってきた。村長は老野狼に飛び乗り、風を挽《ひ》きつぶすように猛スピードで伯公廟に駆けつけた。福徳〔伯公の正式名称〕祠管理委員会主任の身分で村民を退け、人ごみを押し分けて中に入ったとき、一瞬その色っぽさに驚いてしまった。妾の神様が満面に微笑みを浮かべ、華麗な衣装に身を包んで、周りに視線を投げかけているあいだに、やわらかな春風でさえそのまつ毛にひっかかっておとなしくなっていた。その喜びに輝き、ふくよかで、目じりに皺《しわ》のある顔を見るだけで、道端の爆竹は我慢できずに炸裂して風鈴のような音を立てた。しかし妾の神様は村長には脇目もふらず、満面厳粛な表情の正妻の大伯婆《ダァバッポ》に対して勝ち誇った表情を見せていた。村びとは声をあげたり小躍りしたり手をもんだりして、しきりに「伯公はなんて幸せ者だろう」と褒めちぎり、「今夜は眠らないでくださいよ、妻と妾がお前さまの神仙老骨《しんせんろうこつ》をこすってばらばらにしてくれますよ」、など口々にはやしたてていた。

そばにいた郷民代表委員の劉大福《リュウダーフウ》が両目を大きく見開いて、げらげら笑いながら村長に言った。「これが今はやりの大陸の神様だ、嫁入り道具も持ってきている!」劉大福は、花崗岩《かこう》の台座、彩色ガラス、ヒノキの神卓《しんたく》などがいっぱい積まれた車の荷台を指さしてつけ加えた。「どれも大陸から直行便で免税扱いで届いたものだ。側室の家を建てれば、妻と妾が敵同士になることはあるまい」

「伯公はまだ廟に戻ってないんだぞ！」村長は廟の中の正神の位置に正座している、抜け殻のごま塩髭《ひげ》の伯公を指さした。

「まずは小伯婆を安置することだ。伯公はきっと戻ってくる、どこへも行けはしないさ」、劉大福は言った。

「でたらめ言うな、伯公が戻ってきたら責め殺されるぞ」。村長はこう言って、古い茄苳《あか》樹《ぎ》の下でカビを生やしているあの爆竹の束に視線を移すと、その向こうにたくさんの伯公杖が静かに立っているのが見えたので、大きな声で言った。「大伯婆がまだ同意もしないうちから、何が安置だ、筊《ポエ》を投げて決めよう〔二つの半月形の道具筊《ポエ》を投げて願い事の吉凶福禍を神様に問う占い。平面（陽）と凸面（陰）がでたら承諾（「聖筊」）、二枚とも凸面の場合は否定（「陰筊」）、二枚とも平面の場合は「笑筊」と言い、よくわからない、不明の意で、再度伺いを立てる〕」。劉大福はきゅっと眉根をひそめ、さらに大きな声で言い返してきた。「筊《ポエ》を投げるまでもないんじゃないか？ ヒヨコを卵の中に押し戻すなんて話、聞いたことがない。それに妾を娶るのは伯公で、大伯婆じゃない」。その声のでかさに村長はびっくりしてしまった。

年かさの有徳の士が何人か人垣から飛び出してきて、村長のほうに道理があると言い、つぎつぎに筊《ポエ》を投げて、順番に大伯婆に尋ねてみたが、どれも結果は「笑筊《ショポエ》」だった。村長の番になったとき、恐る恐る皆目見当のつかない顔をした大伯婆に向かって言った。

「伯婆さま、伯婆さま、大陸の神様がやってきました！ すべてあなたのご意志にかかっています」、言い終わらないうちに、草木がさらさらと音を立てたので、慌てて振り返ると、風神が風を吹かせ、まるで一匹のミズスマシが水面で素早く旋回するように、竹の杖の先に残っている緑の葉を伝ってつぎつぎに飛び跳ねてやってくるのが見えた。村長はひどく驚いて、木の筊《ポエ》を無造作に投げてしまった。みんなが大きな声で叫んだ。「聖筊《シンポエ》、聖筊だ、伯婆さまが承諾なさった」。しかし村長はさらに大声で叫んだ。「伯公が廟に戻ってきたぞ！」数人がすぐに唱和し、最後は関牛窩のみんなが声を張りあげて言った。「伯─公─が─廟に─戻ってきた！」

茄苳樹《あかぎ》の下に三か月間ぶらさがったままの神迎えの爆竹がついに炸裂した。

建廟から五十年余り、伯公はしょっちゅう廟を抜け出して風流を楽しんでいた。噂によると伯公がいなくなるときは、いつも赤い提灯を頭に載せており、その赤い光は墓地の青白い鬼火のようにぴょんぴょん飛び跳ねたりせずに、風のようにすうっと駆け抜ける猫に似ていたので、目撃した者が口をそろえて言うには、目玉を動かしてはっきり見ようとしたときには、伯公はもう目玉を三回動かす距離まで走って行っているとのことだった。伯公が廟を抜け出すのはともかく、これが噂になってしまった。伯公がどこかに行ってしまうと、天下に大事件が起こると取りざたされるようになったのだ。これ以降、信徒たちがつぎつぎに「拖拉庫《トラック》」に乗って関牛窩に押しかけるようになり、お賽銭《さいせん》も山のように集まり、お布施箱は鍵のかかった金庫に取り換えられた。そしてさらに祠《ほこら》を守る福・禄・寿の三仙と、二匹の龍が珠玉をはさんでからみ合う双竜戯珠《そうりゅうぎじゅ》を彫刻した立派な廟を建てて、福徳祠管理委員会がこの気運に乗って誕生した。最初に伯公が風流を楽しみに出て行ったのを発見したのは村長だった。十数年前に四期連続の村長の職を辞して、管理委員会主任の座に就いたその晩、彼は「紅標米酒《ホンビャオ》〔米焼酎の料理酒〕が腹に染み渡り、酔って目をとろんとさせて言った。「お前たちは伯公がどこに行っているか知ってるか？」そのときまだ郷民代表委員ではなかった劉大福が、頭から鬼の影を搾り出すようにして客家語で答えた。「どこに行っているかって？　恩主公のところにお邪魔して、お茶を飲みながら、よもやま話でもしてるんだろ」。村長はテーブルをたたいて首を振り、酒に酔ったのが半分、口から出まかせが半分、つい思いつきをしゃべってしまった。「伯公は風流を楽しみに行ったのさ！」そして、その晩ほんとうに村長に目撃されてしまったのだった。夜、村長が自分の家の豚小屋の前を通りかかると、神豚《かみぶた》〔神猪《シェンジュー》。客家の風習でお供えのために特別に大きく飼育されるオスの豚〕の口に提灯が一つ挿しこまれているのが見えた。そのオス豚は発情して、口から涎《よだれ》を垂らし、股《また》の間の一物をおっ立てて、鉄柵をどんどんと押していたが、四本の足をちょっと止めて力を入れたかと思うと、さっと柵を飛び越えた。そして隣の柵にいたメス豚を魂が頭から抜けるほど突いて、嬌声《きょうせい》があたりに響き渡った。そばで見ていた村長は、にわかには信じられず、声をかけて確かめるべく、そっと「伯公」と呼んでみたところ、なんとその神豚はほんとうにこちらを向いてぎょっとした顔をし、すぐまたメス豚の大きな尻に向かって励み続けたのだった。

数日後、この話半分ですみそうな話が瞬く間に広がり、大笑いした村びとの口は茶碗くらいに大きくなって、おかずなしでもご飯を蒸籠《せいろ》三つ分はゆうに平らげそうだった。そして伯公廟の前を通り過ぎるたびに、手では線香を焚《た》きながら、内心その話を思い出して笑っていた。これには村長もひどく傷つき、今後三年のあいだは口を慎み酒のにおいもかがないと誓い、急ぎその豚を殺して供物とし、しっかり叩頭《こうとう》の礼〔両膝を地につけ、ひざまずいて頭を地につける礼。旧時の最敬礼にあたる〕を九回繰り返して伯公に許しを請うたのだった。ちょうどこのとき劉大福が伯公廟を通りかかり、まるまる太ったオス豚を指差して言った。「村長さんよ、この参拝は廟行事としての参拝かい、それとも個人的な参拝かい? 主任になったばかりなんだから、金の使いかたもはっきりさせてくれよな!」そう言ったところで、またとぼけたふりをして尋ねた。「いったい何が起こったんだね?」だが村長は口をきつく結んで静かに線香をあげ続け、反対に音が聞こえるほど頭を打ちつけて叩頭の礼をした。体を起こしたときに伯公がまた廟からいなくなっているのに気づいたが、それでも断言した。「この豚にはすっかり騙されてしまったよ、殺して伯公にお供えすれば、もう間違ったことは言えなくなるだろう?」劉大福はうなずいて、ため息をついて言った。「伯公がこんなにしょっちゅう風流を楽しみに行くのもよくないなあ!」話がまだ終わらないうちに、村長がむりやり口を挟んで話の腰を折った。「伯公が風流を楽しんでいるとか何の話だ、でたらめ言うにもほどがあるぞ」。さらに木の台にうつ伏せになっているその二百キロはある神豚を指さして強調した。「もし去勢した豚が発情するなら、神様だって嫁をとるようになるだろうよ」。意外にも、劉大福がその日の夜の管理委員会で提案した。「伯公がこんなにしょっちゅう廟をあけるのはよろしくないので、とりあえず伯公に妻を娶らせて、廟に落ち着かせるようにしよう」。みんなはくっくっと笑って村長を見た。村長は二〇本あまりの歯が全部摩擦でつるつるになるほど歯ぎしりして、そこにあったノートを手に取りテーブルをたたいて抗議したが、ふと別の考えがひらめいた。神様の世界ではこれまで伯公だけが妻帯を許されており、多くの廟でも伯公に伯婆を娶わせているのだから、たしかに、当然のことだ。彼はもう一度テーブルをたたいて決定を下した。「それもよかろう。伯公が廟を空けるときに、少なくとも伯婆がいれば廟を守ってもらえる。男は外、女は内、関牛窩はこれで大きな事件は起こらんだろう」。このときから、村長は常にそのノートを携帯して、伯公が廟を空けたあとに起こった天下の大事を記録し、廟史の証拠にするようになった。

　伯公が妻を娶ったその年、委員会は伯公廟を建て増して当座の花嫁の部屋とした。世話好きの劉大福が工事を受け持って、いつのまにか六坪の祠廟をひねり出し、さらに樹齢四百年の神木の大きな枝を切り落として、廟の屋根の三仙図のところに使った。落成祈福式は熱気あふれる雰囲気の中で行なわれ、三つの村の十二の廟が連名で五枚の大きな金牌《きんぱい》を贈り、それを掛けた伯公の首がぎしぎし音を立てた。ちょうどこのとき伯婆が三義《サンイ》から神輿に乗り村びとに担がれてやってきた。すでに神豚を飼育しなくなっていた村長は朝早くから駆けつけて懸命に掃き掃除をし、特別に大きな去勢豚を買ってお供えをした。彼が正午まで待って、怒りがもう少しで爆発しそうになったとき、ようやく息子の張水徳《ジャンシュイダア》とその妻がのんびりやってきた。村長は大きな線香を二本焚いて言った。「早く参りなさい。お前のように出国して金儲けをしようと思っている人間こそ伯公はよく守ってくださる」。張水徳は線香を二本手に取り、一本を妻に渡して言った。「父さん、反対しないんだね！」村長は息子が出国すると聞いたばかりのときは、心配で三キロ痩《や》せてしまった。行くにしても、よりによってあそこに行くとは。筊《ポエ》を投げて伯公がよろしいと言ってくれたので、やっと自分自身もきっぱり納得した。伯公だってどこかに行ってしまうことがあるのだから、人が出て行くのは自然のことだと思うようになったのだった。「出国して稼ぐのはいいことだ、だが伯公に守っていただくには、毎月戻ってきてお参りしなくちゃならんぞ」。張水徳は驚いて言葉を濁して言った。「毎月だって？」村長は二人から線香を取って香炉に移し、手を合わせて拝んだ。「伯公がいくら廟を空けるからって、お前が伯公より長く出て行くようなでたらめは許さんからな」。それから張水徳に九回叩頭の礼をして伯公のご加護に感謝するように言った。張水徳は、手を合わせて参れば誠意は伝わる、こんな時間のかかる跪拝《きはい》はしなくていい、と言ったが、妻は喜んで跪いて一八回叩頭の礼をした。

　ちょうど村長が息子に叩頭の礼をするよう言い張っていたとき、伯公廟に入ってきた一台の車が細い橋にぶつかり、後ろのドアに一か所へこみをつくってしまった。あらん限りの力を尽くして、車はやっと廟の前まで来ることができたが、劉大福が口汚く文句を言いながら車を飛び降りて、村長に向かって言った。「この狭い橋はもっと早く広くしておくべきだった、参拝にやってくるバスが入れないんじゃあ、賽銭《さいせん》も増えないぞ」。村長にもとっくにその目論見《もくろみ》はあったが、しかしこのときふと他のことが頭に浮かんだので、こう言った。「おい阿福《アーフゥ》！　どこで金持ちになったんだ？　こんな立派な車を買ってさあ。いつ買った？」劉大福は削り取られた後ろドアを撫で、板金の破片を落としてから、慌てて話題を変えて言った。「金持ちだって？　村長さんよ、あんたの息子の水徳こそ真の金持ちだ。噂では大陸反攻〔台湾に渡った国民党のスローガンで、大陸の領土を奪還すること〕だってなあ！　共産党の金をかせぎに行くんだろ」。村長は慌てて言った。「そんなことはない、大陸の人間は貧乏だ、どうやって金をかせぐことができる？」言い終わると、張水徳も大きくうなずいて応じた。こう言ったのはほかでもない、大陸に行くのは問題なかったが、口でそうあからさまなことは言えなかったからで、ましてまだ息子は筊《ポエ》を投げて伯公にお伺いを立てていなかった。劉大福は村長の肩をぽんぽんと叩き、張水徳に向かってくすくす笑って言った。「戒厳令が解除されてからは、大勢出かけて行って商売をするようになった。あんたも早く行って、糞が出なくても構わんから便所の一つでも確保しておくことだ。もし金を儲けたら、早く戻ってきて賽銭をあげてくれや」

　村長は笑って答えず、筊《ポエ》を息子に渡してお伺いを立てさせようとしたとき、伯公がまた廟からいなくなっているのに気づいた。伯公が廟を空けていたそれからの半年間、伯婆は一人寂しく廟を守ったのだった。張水徳は大陸に行き投資をして商売を始めた。村長が半年苦労して奔走した結果、郷長がついに小型工事の補助金を出してくれたので、これに廟の金を足して、橋を二車線の幅に改修し、二階建てバスが直接廟の前まで入ってこられるようにした。台三線〔台北の行政院の前から屏東《ピンドン》市まで南北に走る省道3号線〕が道幅をさらに拡張して四車線になると、村長も常に保安用のヘルメットをかぶって猛スピードで走ってくる車に備えるようになった。郷民代表委員の劉大福の車もますます暴風のように走り、その暴風に乗ってよその町に居酒屋を開いた。その年、村長は天下の大事を比較検討したが、すぐには決定しがたく、ようやく最後に、「張水徳、大陸へ商売に行く、特に思い悩む」とノートに短く大きく書いて、他の出来事は小さな字でついでに記すにとどめた。

　事態はますます大きくなり、面倒なことになってきた。伯公が妾を娶ることになったのだ。それは今年の始めの伯公の誕生日〔旧暦二月二日〕に発生した。獅潭《シータン》の縦谷《じゅうこく》から十八体の伯公の神像が集まってともに誕生日を祝い、読経団も呼んで雰囲気を盛りあげたその夜、劉大福は全部で二〇体の神像を指して言った。「つまりだ、廟を大きくしたければ、神様も増やす必要がある」。そのあと、管理委員会の委員に向かって言った。「一番いいのは、大陸から神様を連れてくることだ、それがもっとも効果的だ」。村長はそれは違うと思い、両手をあげて反対して言った。「そんなに伯公を増やしてどうする？　一人でも十分大変だろうが？」伯公に聞かれてはいまいかとびくびくしながら小さな声で言った。劉大福が慌てて説明して言うには、大甲媽祖《ダージアマーズ》〔台中市大甲区の鎮瀾宮《ジェンランコン》に祭られている海の神様〕はとっくに大陸から応援の神様を連れてきており、参拝者も賽銭も瞬く間に計算できないほど増えている、関牛窩も遅れをとってはならない。それに、伯公が大陸の妾を娶るのだから、伯公が増えるわけではない。神様が増えれば、人々へのサービスを必ずや拡大できる。おそらく郷議会の答弁で鍛えたにちがいない口のうまさで、劉大福の舌先三寸の話はみんなの心をうずうずさせ、さらにあいまいな目つきで村長に目配せをして言った。「大陸の娘は美しい、きっと伯公をつなぎとめておくことができる。伯公が廟を空けなければ、村長もこんなに苦労しなくてすむだろうよ！」劉大福め、よくもこんなでたらめが言えたもんだと村長が苛立っていたとき、一人の信徒が神卓の前に供えられている、一〇キロはある金箔をふった紅亀粿《アンクーコエ》〔亀の甲羅の模様をつけた客家の祭祀用の赤い餅〕を通り過ぎて、会議をやっている部屋に飛びこんできて言った。「伯公が廟からいなくなった！」にわかに委員会は色めき立ち、小躍りして、伯公が妾を娶る案件を拍手で採択した。だが村長のほうは腸に糞をいっぱいためて座ったまま、心中、今後は毎日伯公杖を立てて、伯公に早く戻ってきてもらうようにしよう、そのあとは二度とこんなでたらめな会議には出席するものかと思いを巡らせた。

　伯公が妾を娶ったあと、村長は翌日から朝早く起きて伯公廟に出かけ、これまでどおり懸命に掃き掃除をし、参拝者のためにお茶を用意し、線香をあげ、さらに伯公が逃げ出していないか点検をするようになった。村長が人に倒された伯公杖を立て直すころには、もう十時近くになっていて、太陽が茄苳樹《あかぎ》の頂上から斑《まだら》な影を落とし、参拝客が続々とやってきて、しょっちゅう笑い声があがった。村長が首を回して聞き耳を立てると、決まって「包二奶《あいじんをかこう》」話題でもちきりで、聞いていると自分の耳元まで熱くなり、背筋がひんやりしてきた。そこで、廟のそばの臨時の店棚のところに行って、一〇人ほどの村の女たちがビーフン炒めをつくっているのを手伝った。長男の嫁が隅の方でプラスチックの椅子に座り、シイタケ、小エビ、キャベツを洗っているのを見ているうちに、村長はふとある考えが浮かび、答えはすでに出ているように思われたので、彼女に小さな声で言った。「水徳は大陸で羽目を外しているのか？」嫁はじゃぶじゃぶと食品を洗い、ずいぶん経ってからようやく腕をあげて涙を拭いて言った。「父さん、そんなことありません。あの人は大陸で頑張って仕事をしているんです、悪いことをする時間なんてどこにありますか」。村長は風を起こして立ちあがり、この件はもはや誰も騙し通すことはできないとわかったので、蛇のようにするりと休憩室に入ると、受話器を取って長距離番号を押した。長らく待たされているあいだ、テーブルの隅に置かれている油のシミがついた、表紙に胸を露わにした水着姿の美女が写っている八卦《はっけ》占いの雑誌を適当にめくっていると、まさにほかでもなく、台湾のビジネスマンが、愛人をつくるだけでは飽き足らず、珠海《ジューハイ》五日間のセックスツアーを楽しんでいるという記事が載っているではないか。彼は急にかっと熱くなって、通じた電話の受話器に向かって言った。「大陸はそんなに楽に遊べるのか？　そんなに簡単にやれるのか？　今すぐ戻ってこい！　新聞にこんな見苦しいことを書かれてなるものか」。受話器の向こう側で張水徳はずいぶん経ってようやく答えた。「父さん、何か八つ当たりしたくなるようなことでもあったの？」村長は言葉を継ぐことができず、ドアの外に目をやると、どの参拝客も手で口を押さえ軽蔑した目つきで伯公のことを笑っており、さらには写真に撮って親戚友人に見せるのだと言っている。村長は、ふんと言うと、雑誌を地面に払い落として言った。「お前の親父が車にぶつけられたんだ！　それでも戻ってこないと言うなら、もう誰にも会えなくなるぞ！」言い終わると受話器を放り投げ、ふたたび笑顔をつくって廟の前の参拝客を迎えに出て行った。

　午後、ビーフンを食べ終わった参拝客が帰って行き、村長がようやく休憩室の籐椅子に移動して少しいびきをかき始めたばかりのとき、甲高いクラクションの音がとびこんできた。中型バスから続々と色っぽくて美しい「檳榔西施《びんろうせいし》」〔露わな服装をして檳榔を売る若い女性〕たちが降りてきた。香水の香りがふんわり漂い、お辞儀をして出迎えた村長は一歩一歩後ずさりしながら、それでも笑顔は忘れずに台湾語で言った。「こちらに参拝に来られたのは正解ですよ、ここの土地公《トゥディゴン》にお参りすれば、無病息災まちがいなしですからね」。頭を上げると、車から見知った人影が降りたのが見えたので、すぐに口調を変えて、今度は客家語で言った。「おい阿福《アーフゥ》！　なんでこんなに大勢の細妹仔《べっぴん》を連れてきたんだ？」

娘たちは劉大福に纏《まと》いついて、しきりに劉社長、劉社長と呼びかけては、甘い声でぺちゃくちゃおしゃべりの花を咲かせている。どの子も蠱惑《こわく》的で、狐《きつね》の化け物のようで、たとえジーンズをはいていても、腰のあたりにどぎつく派手なレースの下着をのぞかせ、しゃがめばその足にじゅうぶん三人の男を押しこむことができそうだった。劉大福は顎《あご》の肉を震わせて笑いながら、背広の上着をちょっと浮かせて、ズボンの裾のあたりを払ってから、女の子たちに紹介した。「こちらが関牛窩の古くからの村長だ、何か緊急の助け、奨学金、補助金がいるときは、彼を訪ねていくといい！」

「そ〜なの！　じゃあ、劉社長のほうは、皆勤賞とかある？」

「あるさ！」

「う〜ん、劉社長、じゃあ私ね、緊急の助けが欲しいの、私の台数を増やしてくれない？」

「いいとも！」

すべてがうっふん、あっはんのエロ話に、村長は全身の鳥肌が勃起してしまい、近寄ってきた女の影から慌てて身を隠した。どうやら劉大福が居酒屋を開いたというのはほんとうらしい、そのうえいくらか妓院《ぎいん》の店主のような印象を受けた。だが村長は来る人はみんななお客様という笑顔を見せて、豊かな廟の歴史、沿革、故事来歴の紹介を始め、巧みに伯公の風流話は避けた。風の中を左右に激しく揺れている伯公杖の説明に入ると、村長の唾《つば》はさらに激しく飛び散り、それらはもともと田んぼの最初と最後に挿していた短い竹の棒で、伯公が田を巡回するときの道しるべだったが、それをぜんぶ自分が改良して伯公が風を呼び雲を招く伯公杖にしたのだと紹介した。

「村長さん、でも劉社長が言ってたけど、ここの土地公はすっごいすけべで、抱二奶《あいじんをかこっている》だけでなく、こっそり出て行ってはぁはぁやってるって言うじゃない。ほかのことばかり話さないで、そっちのことも教えてちょうだいよ！」

女の子は話し終わると、目をきらりとさせて廟の中を指さして言った。「わぁ、わぁ、みんな見て、ほんとうに二人一緒にいるわ」

「それって3Pよ。まぁ！　なんてことかしら！」一人の大陸のアクセントを持った女の子が言った。「どうして台湾の神様もこれをやるの、いやらしい！　みんなあんたたちのせいよ」

村長は「はぁはぁ」「3P」の類はみんなろくでもない言葉で、伯公が廟を抜け出して風流を楽しんでいることと関係があるのはまちがいないと推測して、すぐに怒りをこめて劉大福を見た。劉はあわててあたりを見回して彼女たちを呼びよせ、みんなして冗談を言うもんじゃないとたしなめてから、振り向いて笑って言った。「村長さんよ、伯公はほんとうに有名なんで、みんな知っとるのさ」

「よりによって、こんな子たちを連れてくるとは、おまえきっと雷公《レイゴン》の雷に打たれて死んじまうぞ」。村長は伯公の前で正妻と妾の器量の品定めをしている女の子たちにちらりと目をやって、また言った。

「どこから連れてきた？　お前の居酒屋か？」

「違う！　違う！　村長さんよ、いい加減なことを言うとあんたも雷公の怒りに触れるぞ！」劉大福はあわてて話題を変えた。「ずいぶん長く会議に出てこないが、あさっての夜は必ず来てくれよな！　委員会で決めなくちゃならん大事なことがたくさんあるんだから」

「あんたたちは勝手に会議を開いておるが、俺が出ても出なくても、結果は同じだ、会議に出て何になる？」

伯公廟からこのとき鋭い叫び声が聞こえてきた。村長は駆けつけて行って驚いたが、劉大福はもっと驚いた。だがすぐにまた大喜びをして、供物テーブルの下でとぐろをまいている鱗《うろこ》を光らせたニシキヘビを指さして叫んだ。「南蛇《なんじゃ》だ！　伯公の娘だ」。そう言ってから、女の子たちに説明するのも忘れなかった。「伯公に娘ができたのさ。もしサソリが出てきたら、伯公に頼子《ライズ》が生まれたことになる」

「頼子？」

「息子のことだ」

「ふ〜ん、そうなの！　劉社長ったら、客家語を話したり、標準語を話したり、聞いててちっともわかんない、嫌な人ね！　じゃあちゃんと説明してよ、その娘とやらは奥さんが産んだの、それとも妾が産んだの？」

劉大福は急いで一群の白くて柔らかいほっそりした手を払いのけて、村長に向かって言った。「あさっての夜の会議のときに、小さな神様をつくることを決めて、抱かせてはどうだ？」劉大福はちょっとためらってから、さらに言った。「小伯婆に抱かせれば、きっとたくさんの参拝客が見にくるぞ！」

村長は長い時間考えていたが、眉間が重なってもう少しで山ができそうになったとき、ようやく口を開いた。「困ったことになった、この小伯婆はどっから来た？」

「どっから来たかって？」劉大福は頭がぼんやりしてきたが、怒った声で女の子たちに言った。「そんな大声で話していると、伯公が怒るぞ」

「それはないわ！　伯公は標準語がわからないもん！」女の子は笑い声で言った。

「俺が聞いているのは、大陸のどこから連れてきたかということだ」

「福建」

「えらいことになった！」

村長は胸の中でその答えをもう一度確認してから、振り返りもせずに伯公廟を飛び出し、老野狼《ラオイエラン》にまたがってエンジンをかけた。劉大福は一歩前に足を踏み出して、何事が起こったのか見に行こうとしたが、後ろ足を女の子たちに纏いつかれ、伯公が廟を抜け出したかどうか、どうしたらわかるのか教えてほしいとせがまれた。ずいぶん経ってから、老野狼の心臓がぽんぽんと跳ねまわり始め、このとき劉大福も大きな声を張りあげた。「村長さんよ、伯公がまた廟から姿をくらましたぞ」

「逃げ出すのは当たり前だ！　大変なことになった」。村長がバイクを股にはさむと、老野狼は風を呼んで走り出し、風神は神輿を借りるためにひゅーひゅーと恩主公廟へ吹いて行った。

晩ご飯のあと、恩主公からお借りした神輿が伯公のもとに到着し、別に南営の八蛮神兵を三千名、護衛につけてくれた〔道教の民間信仰で、村落や廟の東西南北および中央の五方位に五営を配置しそれぞれ神兵が警護にあたった。南営は紅旗八蛮軍が統帥し軍馬八千頭、神兵八万。旗や小さな神像、神牌などで象徴する〕。金糸で虎の模様が刺繍された軍旗を老野狼のサドルの後ろの鉄のフレームに挿して、村長はまず台三線を念のためにしっかり何往復かして、暴走車に飛び込んで自殺しようとしている、弔う者のいない野鬼《イエグィ》を驚かせてよそへ行かせた。村長が三往復し、聖筊が出て小伯婆からも承諾を得ると、小伯婆はこの道を神輿に乗って関牛小学校へ向けて出発した。噂を聞いて駆けつけた百人あまりの村びとは、その後ろを面白がってついて歩いた。村の年寄りの中には、恩主公の神輿が夜間巡回しているのを遠くから眺めて、とっくにすたれてやらなくなった「神隠しの儀式」だと勘違いしてしまい、驚いて家の者みんなに戸を閉めて隠れるように言い、線香を焚いてご加護を祈ったが、よくよく耳を澄まして聞くと、それは老野狼《ラオイエラン》の音だった。そのうえ、村長が先頭を切って走っているのが見えたので、俄然、体じゅうに力がわいてきた。村長の老野狼はまったく村の心臓であり、走っているあいだぱんぱん音をたて続け、黒い煙を尻から吐き出して、関牛窩は一気に目覚めたのだった。村の年寄りたちは大きな声で呼びかけた。「村長さんや、どこへ行く?」村長の返事を待たずに、みんなが口をそろえて、大きな声で叫んだ。「学校だー」

関牛小学校の前に来ると、すでに二百名を超える野次馬《やじ》がにぎやかに集まっていた。正門はとっくに村びとによって取り払われていたので、隊列は洪水のように教室へ突進した。外国人花嫁のための客家語クラスの教員はすでに噂を聞きつけ、急ぎ校長に電話をして応援を頼んでいた。校門が消えてなくなっているのを見た校長は怒りで全身を震わせたが、首謀者が村長であるのを知ると、すぐに腰をかがめて挨拶をして言った。「小伯婆が授業に出たいとのことですが、伯公廟でなさってはどうですか、何もわざわざここまでご足労いただかなくてもいいでしょう」。村長は教室いっぱいの外国人花嫁にちらりと目をやると、まさにベトナム、インドネシア、タイ、マレーシア、ミャンマー、カンボジア、大陸など八か国女性部隊だったので、こう言った。「一緒に授業を受けてこそ興味がわいてくるというもんだよ!」

村びとたちは窓を外して中を覗《のぞ》いていたので、目の玉が飛び出そうになっていたし、腕白な子どもは換気窓の格子にぶら下がって、ぎしぎしと音を立てて揺れていた。小伯婆は机を四つ合わせた上に置かれ、香炉から煙がふわふわと上がっていた。教員は人が大勢いるのを見ると、話もふわふわ上がる線香の煙のように、くねくね曲がって力が入らず、反対に外国人花嫁のほうがけらけら笑って、さらに隙を見てそばで野次馬に加わっている夫と目配せをしあっていた。村長はそれを見て無性に腹が立ってきた。彼が真面目になれば、他の人たちも真面目になるので、授業に不真面目な者をその場でこっぴどく叱りつけた。「小伯婆が客家語を話せないと、伯公が廟に戻ってこなくなる。家に帰って言葉が話せない人形に会いたいと思う者がどこにいる？」みんなはそれを聞いてしんとなった。授業が終わる前に、教員が客家語の歌を教え、「故郷の月」を歌い始めると多くの外国人花嫁がひそかに涙を流した。村長は、このまま歌い続けたら、小伯婆も遅かれ早かれ廟を逃げ出して大陸に戻ってしまいかねないと思い、いそぎ教員に山歌《やまうた》を教えて、男女の気持ちに拍車をかけるよう要求した。その晩、関牛小学校では恋の歌が何曲も続き、歌詞のほとんどがこんなものだった。「初めての一日目の朝、初めての二日目の朝、毎朝ベッドの上で、花嫁の腰を引き寄せる」、「桃の花が咲き菊の花が黄色に色づいた、恋する男と恋する女、二人の気持ちはどこまでもぴったり、まるで陳三と五娘のよう」〔「陳三と五娘」は明代の伝奇《荔鏡記》からとった閩南語による代表的な演劇。愛し合う陳三と五娘が親の決めた結婚に反対して愛情を貫く姿を描く〕。授業が終わって廟に戻るとき、村びとも三々五々集まって道々ずっと歌っていた。神輿を船のように揺らし、船を川の流れのように揺らして、みんなの気持ちはぴったり一つになり、廟の前で伯公杖が揺れるのを待ち焦がれながら、大きな声で呼びかけた。

「伯公！　どうか家に戻ってきてください！」

このとき風神がひゅーひゅーと吹いて、東南の道の伯公杖がうなずくように上下に揺れ、伯公廟へさっと入って行った。村びとたちの「伯公が廟に戻った！」という強く響く声に混じって、引っ掛けて置いたばかりの爆竹《ばくちく》がまたぱんぱんと音を立てて炸裂《さくれつ》した。

翌日、村長は戸籍管理事務所から小伯婆の落籍《らくせき》証明書を手に入れて、伯公を安心させようとした。だが同時に別のニュースも手にしてしまった。娘の張秀妹が今度戻ってきたときに「張琇嫚《ジャンシュウマン》」に改名していたのだ。老野狼が伯公廟に着いたとき、張秀妹一家が神様に参拝しているのが目に入った。村長は腹いっぱいの疑念をひとまず押さえると、反対にうれしくなってきた。なぜなら伯公を信じないオニールでさえ敬虔《けいけん》になってきたからだ。二人の混血の孫は伯公廟のまわりを駆けまわって遊んでいたが、突然伯公を指さして言った。

「あれは何の神様？」

「土地の神様のお父さん」

「あれは？」

「土地の神様のお母さん」

「隣のあれは？」

「それは」、張秀妹はちょっと迷ってから、英語で子どもに言った。「フィリピンのメイドよ」

村長はそれを聞いて強くうなずき、ノートに今回伯公が廟を空けた大事を書きとめようとしたが、あれこれ考えているとどこから書き始めればいいかわからなくなってしまった。オニールがこのとき近寄ってきて、ノートにびっしり書かれた文字を指して言った。「とても熱心ですね」。村長はペン先でノートの紙をとんとんとたたいて言った。「もちろんさ！　これは天下の大事だからね」。そして客家語で、伯公廟が盗難に遭ったり、総統が入れ替わったり、９２１地震〔一九九九年九月二十一日、台湾中部で発生したマグニチュード七・三の大地震〕やアメリカの９・１１が起こったりしたのは、みんな伯公が廟を空けたときのことだと説明した。オニールはよくわからないままうなずいて気持ちを伝えたが、すぐに訝《いぶか》るように手を伸ばして、ペンで塗りつぶされた下方を指し、漢字で書かれた「張秀妹里帰り」の中に知っている三文字があるのを見て言った。「Oh! My God!　張秀妹がいる」。村長はその個所に丸を幾重にも強く描いて、事件の重要性を浮かびあがらせて言った。「これはその年の最もひどい、俺の一生のうちでも最悪の出来事だった」。オニールはそれを聞くとさらに真面目にうなずいた。

ノートの記録を見ながら、村長はあの年に起こった大ごとを思いおこした。始まりは賀伯台風〔一九九六年七月に発生した大型台風〕が関牛窩を通過したことだった。立っているより横になっているほうがましなくらい強烈な台風だったが、伯公は風雨を経験してさらに自信をつけたのか〔当時の国民党主席だった蔣経国の講演の一節「逆境が揺るぎない力をつくり、風雨が自信を生む」より〕、雨の中を夜遊びに出かけて行き、あちこちでひっくり返って、何箇所か山崩れをおこし、台三線を通行止めにしてしまった。村長は村じゅうの人間を動員して被災後の復興にあたり、さらに廟の基金を使って数箇所の工事を発注した。二か月後、おそらく工事の入札をめぐってのトラブルだろうが、劉大福が結構な額を横領していると密告してきた者がいた。村長が大慌てですべての工事の領収書をかき集めて金額を比較したところ、はたして二割増しになっていることを突きとめ、ずばり、廟の会員大会にかけて追及すると言った。翌日、劉大福が伯公のもとへまっしぐらに走って行き、大勢の村びとの前で線香をあげ叩頭して言った。「二割増えたのは品質を上げたからで、汚職などとんでもないこと」。すぐさまポケットから紅いタスキを取り出して体に掛け、伯公の名に誓って毒を消すと宣言した。タスキに「代神出征」〔神様に成りかわって出征する。「代父出征」をもじった言葉〕の四文字が刺繍《ししゅう》されているのを見た村長は、怒りのあまりもう少しで空まで飛びあがるところだった。劉大福は慌てず騒がず落ち着き払って人々に言った。「今度の選挙で落選したら汚職したと見なされるが、当選したら伯公が支持してくれたということ、伯公が支持してくれたのなら汚職はなかったことになる」。そのあとへつらうように図々しく村長にこう言ったのだった。「選挙事務所の総幹事になってくれ、伯公の名義で次の郷民代表委員の選挙に出ることにする」

　汚職した奴の選挙応援だって？　村長は考えれば考えるほど割にあわないと思ったが、しかしやはり電話で台北の張秀妹を呼び戻して選挙運動を手伝わせることになった。その年の選挙は盛りあがり、つまみ出せる相手は村長がとっくにつまみ出していたので、つまみ出せない者だけが強引に勝負をかけてきた。村長の老野狼《ラオイエラン》はまた台三線を走り、後ろの鉄のフレームには二本大きな旗を挿し、さらに後ろにはプルタブに二本の長い針金を通して数珠つなぎにしたアルミ缶を引きずって走った。缶が跳ねる鉄の歌が道いっぱいに鳴り響き、夜になると彗星が地面を引きずるように火花が飛び散った。張秀妹が後ろに座り、片方の手を村長の腰に回して、マイクで選挙の応援放送をしていたが、その日、突然こんな言葉が飛び出した。「父さん、私、結婚することにしたの。選挙が終わったら連れてきて会わせるね」。男が成人すると嫁をとり、女が成人すると嫁に行くのは当たりまえのこと、村長は娘によい落ち着き先ができたのがうれしくて、ちょっとしたノリで、マイクを奪い取って言った。「よろしく、よろしくお願いします、果物を買うとき見るのは吉園圃《ジーユアンプー》マーク〔政府認定の安全基準を満たした農作物につけられる〕、経済を考えるなら打不溜踢欧《ダブリュウティーオウ》、そして同じく選挙で選ぶなら伯公が支持する十二号の劉大福を、なにとぞよろしく、なにとぞよろしくお願いします」

　その後、ライバルによる票の買収が空を覆わんばかり盛んになって危機的状況に至ると、村長はついに関牛窩B級動員令を発動し、村びとたちが土石流のように獅潭の縦谷の両側から流れ落ちてきて、応援のために、バイク、小型トラック、耕運機、農業用運搬車、田植え機、トラクターが台三線で大型パレードを繰り広げ、ついに劉大福を郷民代表委員の席に着かせたのだった。

　当選の爆竹が鳴り響く中、一台の自動車が村長の家の敷地に入ってきた。村長は車から降りたばかりの、金縁眼鏡をかけた、上品な顔立ちの男性のほうに駆け寄って行って挨拶をし、満面の笑みを浮かべながらも、目はすばやく彼のピカピカの革靴にはりついた。このとき張秀妹がようやく車の中から一人の阿督仔《アトォア》〔台湾語で白人の外国人を指す〕と腕を組んで出てきて、いきなりこう言った。「彼の名前はオニール、台北の予備校で仕事をしていて知り合ったの」。村長は見ただけで、胸がちくちく痛み、お茶のときには黙りこんで濃いお茶をポット三杯分もお代わりしたが、張秀妹はさらに予想もしなかったことを口にした。とっくにオニールと入籍手続きを済ませており、今回は里帰りになるというのだ。村長は爆発寸前になった。娘を阿督仔《アトォア》にやるのは三等レベルの結婚だ、これは伯公が廟を空け、祖先が徳を積まなかった罪によるものに決まっている。まったく神も仏もない、絶望的で涙も出ない一年だった。村長は長いあいだ考えてようやく考えがまとまると、ノートのまだインクが渇いていない「劉大福当選」を急いで容赦なく塗りつぶして、「張秀妹里帰り」に書き換えた。

　村長はノートを閉じて、にこにこしながらオニールに伯公の正式な参拝の仕方を教えようと言った。オニールは言った。「私にはもう神様がいます」。村長は眉をひそめて言った。「阿督仔《アトォア》の神様が伯公よりいいはずがない」。言い終わると神像の下から二つのご祝儀袋を取り出した。そのときなんとまた伯公が廟を抜け出しているのがわかったが、相変わらず落ち着き払って言った。「伯公が一番だ、伯公にしっかりお参りして平安を守ってもらい、伯公のお参りが終わったら、釈迦、三山国王〔広東の獨山、明山、巾山の神。移民に従って香港、台湾、東南アジアの人々の信仰の対象になっている〕、恩主公、媽祖、義民廟〔歴代の戦争などで犠牲になった人を弔う廟〕にお参りしなさい。いつまでも一つの阿督仔《アトォア》の神様を参り続けるのはあまり役にたたんだろうよ！」オニールが強くうなずいたのを見て、村長は彼を神殿の前に引っ張って行って跪拝を教えようとした。しかしオニールが両手を合わせたかと思うと、また手を振って、「NO」を連発するので、意味がわからなくなり、しかたなく孫たちにご祝儀を渡して言った。「伯公が廟に戻ったんだよ！ おじいちゃんがご祝儀をあげるね」。張秀妹がこのとき指をぱちんと鳴らしたので、二人の孫は喜んで、客家語で機械的に言った。「おじいちゃんのおかげです、ほんとうにありがとうございます」。村長はしきりに頭を振って、伯公を指さして言った。「こう言うんだよ。『伯公のおかげです、ほんとうにありがとうございます』。これは伯公がくださったのだ、おじいちゃんからではないんだよ」。村長は何回か教えて、さらに自分も指を鳴らしていい加減な音を出すと、ようやく孫は満足してうなずいた。台北へ戻るオニールと孫二人を見送ってから、村長は残って手伝うことになった張秀妹を見ながら言った。「改名がよくないと言っているのではない、ただ変え方がよくない」。自分の妻、母さん、婆さん、叔母さんから大叔母さんまで、どの女の名前にも「妹《メイ》」が入ってない人はいない、誰かが何とか妹《メイ》と呼ぶのを聞けば、たとえそれが「大陸妹《ダァルーメイ》」〔中国から来た若い女性〕でも、自然と親しみがわいてきて気分がよくなるもんだ。もし母さんがお前を産んだあと死ぬようなことがなかったら、俺はたくさんの妹子《メイズ》〔女の子〕をつくっていただろうよ。張秀妹は微笑んで言った。「父さん、今回の改名は開運のためよ。ほかに目的はないし、父さんはこれからも私のことを秀妹って呼べばいいの」。村長は黙って答えず、線香を持って伯公にこのことを告げ決裁してもらおうかと思ったが、ふと万《ばん》やむを得ない気持ちになってしまった。廟を抜け出した伯公に彼の心配事がわかるはずがない！　筊《ポエ》を投げる手は冷たく神桌の前に置かれたままだった。このとき、張秀妹がその手をつかんで、一字一句、はっきりと言った。「父さん、時代は変わったのよ、父さんも知ってるはず、いつまでも伯公に尋ねるよりも自分に聞いたほうがはっきりするわ」

時代は変わった、だが神様を祀《まつ》る儀式は変わらないことを、村長はよくわかっていた。翌日の夜、張水徳が関牛窩に戻ってくるとすぐに、彼を乗せて伯公廟の前に連れて行き線香をあげさせた。長いあいだ待っていた嫁と孫の張萬生が急いで線香を手に駆けつけた。張水徳は妻にちらっと目をやると、振り返って張萬生に言った。「勉強はしっかりやってるか？」張萬生は線香を持って一生懸命に伯公にお参りしながら言った。「やってるよ！今学期は伯公から奨学金をもらったんだ！」。村長は線香を集めて香炉に挿したあと、息子にしっかり叩頭の礼をして伯公のご加護に感謝しなさいと言った。休憩室で開かれている委員会からこのとき拍手喝さいの声が聞こえてきたので、張水徳はしかたなく声を大きくして言った。「手を合わせてお参りしても誠意はこもっているから、そこまでする必要はないよ」。村長はすでに腹の中が怒りで煮えたぎっていたので、抑えきれなくなって神桌をばんとたたいて八つ当たりした。神桌の上の筊《ポエ》、供物、線香が飛び跳ねた。「お前、どんな肝を食ってそんなに肝っ玉が大きくなった？　父さんがお前に跪拝しろと言って、そのどこが難しい？　お前に戻ってこいと言って、そのどこが難しい？　前は時間があればすぐに戻ってきたじゃないか。今では三通《サントン》も始まり〔二〇〇一年に廈門《シァメン》と金門島の間で客船が運航され、三通が部分的に始まったことを指す。二〇〇八年、中国と台湾の間で「通商」、「通航」、「通郵」の三通が合意された〕、道もまっすぐ伸びたというのに、年に一度も顔を見せず、妻も息子も関牛窩にほったらかし、そのうえ噂では大陸で羽目を外しているというじゃないか。お前、伯公と張りあうつもりか！」張水徳は冷ややかに伯公と伯婆を見ながら言った。「僕には伯公が羽目を外しているかどうかわからないけど、父さんは見てわかるのか？」村長は、小伯婆は授業に行っているから、お前にはもちろん見てもわからないさ、と反駁《はんばく》しようとしたが、言えば言うほど筋が通らなくなりそうだったので、このときはぐっと気持ちを押さえ、それでも叱りつけるように言った。「お前にはもちろん見えないさ。これまで一度も伯公を理解したことがないからな。俺はこんなに長くお仕えしてきたのだ、俺ほど伯公を理解している者はおらんだろうよ」。張水徳は長いあいだ沈黙してから言った。「理解している？　父さんはなんだってすぐに叱りつけて、まったく意思の疎通のしようがないし、理解のしようがない。僕は小さいころから父さんのこの点がどうしても受け入れられなかった」。そばにいた嫁が慌てて息子の張萬生を引っ張って一緒に参拝を始め、こう言った。「伯公、ありがとうございます、どうかこれからもうちの人が大陸で平安無事でありますようお守りください」。だが張水徳が制止した。「参る必要はない！　伯公は一年のうち廟に帰ってくるのは数日だけだ、僕のほうがましさ。こんな神様に参れるか？」

「よくもそんなことが言えたな」。村長が怒鳴った。

「母さんが亡くなって三十年、父さんは毎日、昼も、夜も伯公にお参りして、両頭烏《リョントヨフー》〔頭部と臀部《でんぶ》が黒くそのほかは白色の高級豚。金華ハムに使われることから金華豚とも呼ばれるが、近年は飼育数が減少している〕になってしまった。ただの冷たい石ころ一つのために働いて、どんな価値がある？　父さん、時代は変化しているんだ、いつまでも自分を関牛窩に縛りつけて時代遅れの骨董品になるなよ！」

「冷たい石ころ？　そんなことをよくも言えたな、よくも言えたな」

握りしめた拳《こぶし》から骨がきしむ音がして、村長は怒りで血走った目を見開いて息子をにらみつけた。だがふと息子の背後の茄苳樹《あかぎ》の下に暗い影がうごめいているのが見えたので、すぐに箒《ほうき》を持って駆け寄って行くと、はたして犬が野合しているところだった。村長の心は強烈な憤慨と怒りの感情に縛られ、自分に言った。これが四十年あまり仕えてきた伯公か、分別なくここでお楽しみってわけだ、俺の苦労など知るかってことだな。竹の箒を振りあげてこっぴどく打ちすえようとしたとき、村長は急に理性を取り戻して思った、このひと打ちで永遠に伯公が廟に戻ってこなくなったらどうする！　そこで絶望的な気持ちで竹の箒を捨て廟の中に入ると、嫁と孫がまだ伯公の前に跪いているのが見えたので尋ねた。

「水徳は？」

「行ってしまいました」

「行ってしまった？早く連れ戻しなさい！」

村長が散らかった神桌を並べ直していると、誰かがバイクを乗りつけてきて、驚いて言った。「村長、どこに行ってたんだね？　あんたの家にも学校にも行ってみたがどこにもおらんかった」

「どこに行ってたって？　俺はずっとここから一歩も外に出てないぞ！」

「管理委員会は劉郷民代表委員を主任に選出することに決定したから、よろしくお願いしますよ」

心臓の肉が激しく痙攣《けいれん》を起こしたが、村長はそれでも落ち着き払って神桌をきれいに拭き終えて言った。「誰が主任になっても同じだ、みんなのために働ける人ならそれでいい」。

休憩室で再び激しい拍手の音がわき起こったとき、村長はようやく中に入って行った。

炭がはじけるような拍手の音の中を、劉大福が喜々として宣言していた。ＷＴＯからの賜り物に敬意を表し、台湾福徳正神〔伯公の正式名称〕の新しい気風をつくりだすために、来年は大陸からもう一体、妾の神様をお迎えして、この地の祭事の発展ために努力することに決定しました。劉大福は村長が入ってくるのを見ると、さらに今度は広東の梅《メイ》県や海豊《ハイフォン》県などの地で神様を探すので、言葉や風俗習慣の問題はぜったいにないと強調した。村長は腹にいっぱいの疑惑をためて言った。「そんなに賽銭を稼いでどうする気だ？　伯公は関牛窩を守っているんだ、金儲けに使うものではない、俺は反対だね」。「時代は変わったんだ！　頭の回転を速くしないと時代に追いつけないぞ」。委員がつぎつぎと村長を取り囲んで、うるさく纏いついて説得したり、大義を以て諭したりした。そのうえ、すでに村長のために新しいバイクを購入することが会議で決定されたと明言する者もいた。今度こそ、胸に巨大な憤怒がわき起こった。委員会はこれまで一度も彼のことを気にとめず、そのくせ事あるごとに彼に責任を負わせてきた。彼は差し出された議事録をいきなり破り、豹《ヒョウ》が吼《ほ》えるように怒鳴った。「あんたたちはいったい何を信じている？　伯公を信じているのか？」言い終わると、かぶっていた汗臭いヘルメットを脱いで、テーブルの上に並んだたくさんの湯のみ茶碗にたたきつけ、それから追い風に乗るように祠廟の中に入って、祭壇の神飾りを全部ひっくり返した。

　村長は伯公の手を取り、石の温度を感じ取った。四十年来これを証拠に伯公が逃げ出したかどうかを決めていたが、しかし今は伯公がいるかいないかはどうでもよかった。自分の額に血がのぼるのに任せ、両手を開き、腰をぐっと下げて、えいとばかり神像を抜き取ると、石像と自分の体温を一つに溶け合わせて、自分を憤怒の石に変えた。彼は無我夢中で会議場に駆け戻り、伯公を高く持ちあげて言った。「あんたたちは信じているのか？」それから劉大福に向かって言った。「あんたは宣言できるか、これまで一度も伯公を欺いたことがないと?」

「村長さんよ、俺は委員会の決定を信じる」。そして声を荒げて言った、「廟の中で暴れるな」

「あんたたちは誰ひとりとして伯公を信じていない、じゃあ何を信じるんだ?」村長はもう一度怒鳴って、石でできた五キロ近い伯公を激しく会議テーブルにたたきつけた。ばんという音が響いた。「じゃあ、あんたたちは何を信じる? 何を信じるんだ?」

このとき、授業を終えた小伯婆が廟に帰ってきた。村びとが歌ったり踊ったり八音〔素材により金・石・絲・竹・匏《ひさご》・土・革・木の八種に分類される楽器。神輿の巡回など祭事の際に奏でる〕を奏でたりしていると、樹齢四百年の茄苳樹《あかぎ》が一段とざわざわと震えて音をたてた。突然、風がそよそよと吹いて、伯公杖を伝ってつぎつぎに飛び跳ねながら、遥か遠くから赤い提灯がたくさん掛かった伯公廟の中に入ってきた。「国泰民安」、「風調雨順」と書かれた百あまりの紅い提灯がぱたぱたと揺れてぶつかりあった。みんなは一瞬ぽかんとしたが、すぐに揺れながら鳴り響いている爆竹の音に負けじと、天地を突き抜けるような声で叫んだ。

伯—公—の—お帰—り!

葬儀でのお話

素麺婆ちゃんの映画館（プロローグ）

僕の祖母はかなりのお転婆で、いつも突拍子もないことをしでかした。亡くなる時もそうだった。

寒い冬のある日、太陽の光が暖かく降り注いで、籐椅子を軒下に持ち出さないとお天道様に申し訳ないような日だった。祖母は籐椅子に横になって、青空の大舞台で繰り広げられる白い雲のショーを見ていた。変幻無窮、妖しい美しさに満ちた異世界、条件なしに無料の、素晴らしい映画だ。

風がやむと、「白い雲の映画」は幕をおろし、祖母は目を閉じて休んだ。祖父が生前使っていた洗面器を手に抱え、その中には猫が寝そべっていた。彼女は猫に物語を話して聞かせた。たったいま「白い雲の映画」でやっていたものだ。話の筋は、日本統治期に軍馬が家の前の小川を横切ったとき、イシガイに足を挟まれて、二か月後に力尽きて死んでいったという話。イシガイは馬の血を吸って生き続け、さらによく生長して、馬が大安渓《ダアアンシー》を渡るときも一緒について南下したが、百キロ離れた濁水渓《ジュオシュイシー》までやってくると、しばらく逗留することになった。これが濁水渓の血イシガイの由来だという。

物語を話し終えると、祖母はふっとため息をついた。「今の今、白い雲になって、高いところに飛んで行けたら、もっとたくさんの物語を見ることができるのに」。そしてゆっくり呼吸をして、息をするのがおっくうになったとき、この世界を離れて二度と戻ってはこなかった。八十六歳で亡くなったのだから、長寿だといえる。長寿の秘訣は、なんと物語を聞くことで、そのおかげで病気を治したこともあるのだ。

実は、祖母は幼いときに死にかけたことがある。家族の言い伝えによれば、六歳のときに重病を患い、こん睡状態が続いて、死の淵がそこまで迫っていた。一〇人の子どもがいる家にとっても、一人の損失は惜しいものだったが、農作業の忙しさと力仕事ゆえに悲しむ暇もなかった。曾祖父が六歳の祖母をムシロにくるんで埋葬しようとしたとき、曾祖母が不憫《ふびん》に思い、一つ短い物語を聞かせて、「屘女《マンルゥ》」（一番末の娘）への餞別《せんべつ》にした。物語は実にシンプルなもので、一匹の哲学者の羊が、どうやって半年のあいだ逆立ちを続け、他の羊が真似てみんな逆立ちをするようになったかというものだった。

すると祖母が咳《せき》をして、胸が激しく波打ち、心温まる物語に反応を示した。鬼門を跨《また》いで、この世に一歩近づいたのだ。曾祖母がこれはいい兆しだと思い、それからは、祖母を抱いて、あちこち訪ねて行き、物語を話してもらって治療薬にした。物語は、悲しい話でも楽しい話でも、良薬のように祖母の耳から入っていき、「物語の薬」療法はとうとう彼女を鬼門から引っ張り出したのだった。徐々に、祖母はベッドから起きることができるようになったばかりか、元気よく跳ねまわるようになり、いつでも口から雀が飛び出るほど、口達者になった。彼女は楽しい毎日を送り、ありとあらゆるいたずらをやったので、怒った曾祖母はよく「死にぞこない」と言って叱っていた。

祖母の頭はほんとうに魔法の「箪笥《タンス》」（洋服だんす）で、人から聞いた物語が中にいっぱい詰まっていた。そのうえ、物語を仕舞うときにも、冬物はひとまとめに、秋物はひとつに重ねてというふうに分類して置いていた。もし長いあいだ新しい物語を聞けないときは、樹の下にしゃがんで、焼き芋をほおばりながら、頭の中の古い物語を自分に語って聞かせ、地面に並べた石を主人公に見立てて、あっちに動かしたりこっちに動かしたりして立ち位置を示していた。

こんな独り言を言いながら、自分だけで楽しむ遊びは、祖母が幼いうちなら、他の人は「愛らしい、利発だ、とてもよくしゃべる」とプラスの評価をした。だが、少し大きくなってくると、こう言われてしまった。「変な子だよ、はやく恩主公《おんしゅこう》の義理の娘にしてもらったほうがいいんじゃないか（何かの神様の養子にすると、育てやすく、すくすく育つという迷信がある）」。しまいには、精神病を患っていると断定する人もいた。上の世代の人間からすれば、子どもは食べて働くことができ、死にさえしなければ、どんな病気にかかろうと放っておいてよかったので、その独り言病は、ちょっと変わってはいたが、医者に治療してもらうほどでもなかった。

祖母は西暦一九二一年生まれ、学校教育を受けたことがなく、知識は生活の中から得ていた。十二歳になったとき、一生で最も偉大な出来事――名前を書くことを学んだ。一度も学校に行ったことがなく、学校に行く資格のなかった少女にしてみれば、名前は形がなく、ペンを持つ力を学ばなければ呼び寄せられないものだった。彼女にこの力を覚えるよう教えたのは曾祖父だった。しかし、祖母が名前を学んだその年、曾祖父は亡くなってしまった。肺炎だった。祖母は自分の名前を書くたびに、いつも自分の父が彼女に残してくれたこの唯一の遺産を思い出して、このうえなく貴重に思った。

曾祖父の死は、曾祖母をとても悲しませた。昼間農作業をしているときはまだましで、頭に浮かぶ間もなかったが、夜ベッドに横になると、曾祖父の体の影がお化けのように頭の中に滑りこんできてなかなか出て行こうとしなかった。彼女の頭は休むことができなくなり、しくしく涙を流して、生前夫の良かったところや悪かったところをいつも考えるようになった。そんなとき彼女は髪留めでクスノキ製のベッドの木枠に一本線を引くようにした。ベッドの頭のところに一の字を刻んだときは、夫のいいところを思い出したとき、ベッドの足元のところに線を引いたときは、悪いことを思い出したときだった。しかし、彼女はベッドの足元の線がどんどん増えていくのに気づいた。まるで夫が悪人で、人をいじめるためにこの世に出てきたように思えてきた。そのうえ夫の死を許すことができなかったので、これも憎々しげにさらにもう一本線を引くのに十分な理由となった。力をこめたせいで、木枠がきぃーと甲高い音を立てたので、曾祖母は激しく泣き出してしまった。深夜、その泣き声に祖母は驚いて目を覚ました。十二歳の少女は、裸足で、手にロウソクを持って、暗闇の中を手さぐりで曾祖母のベッドまで行き、這いあがって髪留めを奪い取ると、ベッドの頭のほうの木枠に横に一本、それから縦に一本、また横に一本線を引いて、間断なく、曾祖母が前につけた傷痕を補って文字に変えていった。祖母は名前を書いていたのだ。家族全員の名前が、曾祖父、曾祖母から一〇人の子どもまで全員、ベッドの頭の部分に並んだ。

「このベッドは船よ！ これからは、みんな一緒、誰も死なないんだから」。祖母はロウソクを両手に掲げてこう言うと、淡い黄色のちらちら揺れる燭光が顔を照らし、賢そうににこりとした。

それからすぐに、祖母は怒りと不満がいっぱい刻まれたベッドの足元に這って行った。その傷跡は深かった。先ほどと同じように髪留めの先で傷跡の一つ一つに何本か線を補うと、それらはつぎつぎに、イヌホオズキ、野ウサギ、烏鶖《おうちゅう》〔烏に似た尾が長い鳥〕、フナ、湯呑み茶碗などの絵になった。線はやや稚拙だったが、他の物に見間違うことはなかった。

「そのヤギはどういう意味だね？」曾祖母が尋ねた。

すると祖母は曾祖父とヤギにまつわる思い出話をした。谷間でヤギの姿が見えなくなったとき、曾祖父がどうやって険しい場所からそれを救い出したか。その後、ヤギは穀物干場の草をすっかり食べてくれて、油の節約にもなる全自動の除草機になった。

「そのフナは？」曾祖母はまた尋ねた。

そこで、祖母はまた曾祖父が小川の浅瀬でフナを救った話をし始めた。曾祖父はフナを川に戻そうとしたが、フナが嫌がった。そこで水瓶に入れて飼ってみたところ、ボウフラを食べて恩返しをしてくれたのだった。フナは天然の浄水器だったのよ！　それも無料の。

「蜘蛛《くも》は？」

今度は、祖母は不思議な話を一つした。年末の大掃除のとき、曾祖父は家の隅の蜘蛛の巣を箒《ほうき》で取り払うのが忍びなかった。ところが思いもかけなかったことに、蜘蛛が恩返しをしてくれた。門の入り口に強力な蜘蛛の巣を張り巡らして、ハエや蚊を追い払ったのだ。

素晴らしい！　祖母の話し声は家族を引き寄せた。九人の兄や姉がそれぞれの部屋から出てきて、自分たちの命を育んだベッドの縁に集まり、祖母の物語を聞いた。ある話はよく知っているものだったが、祖母が語るディテールはみんなの記憶をはるかに越えていた。ある出来事はとるに足らないもので、みんなはすっかり忘れていたが、彼女がもう一度話すと、生き生きしたものに変わった。その晩、曾祖父の人生の物語がみんなの前で上演された。ちらちらと揺れるロウソクの火のもとで、ベッドの木枠の絵はそれぞれの物語に合わせて、線をゆらゆら揺らし、ハエ取り紙にねばりついた昆虫が死にたくないともがくように、ぽっと音を立てて木からはがれ、空中に舞いあがった。夢のように幻想的だったけれども、力が満ち溢れていた。

誰もがたびたび笑い声をあげ、目の縁に涙を浮かべた。曾祖母はわかった。自分の夫はまだ死んではいない、ただ離れて行っただけで、みんなの心の中に生きている。夜が明けて、だんだん明るくなってくると、祖母の話のおかげで、曾祖父の姿は陽光の下でも同じように美しくくっきりしてきた。そしてベッドはゆりかごになり、曾祖母は毎晩寝るときに、いつも一番美しい場面の夢を見るようになった。

祖母は「物語の薬」によって自分の母親の悲しみを癒した。しかし、祖母自身にも悲しみがあった。十二歳の少女にとって、悲しみという言葉があまりに重すぎるならば、辛い、と言うべきかもしれない。確かに、彼女はこの世に物語があまりに少ないのが辛かったので、夜が明けるとすぐに家を飛び出して、村の中に物語を探しまわっては「渇きを癒した」のだった。

村の名前は三寮坑《サンリャオコン》といい、祖母はこの村で生まれた。村は昔の台湾の多くの地方がそうであったように、バナナ、米、サツマイモを生産し、あちこちに水牛が動きまわり、白鷺《しらさぎ》が空を舞い、素朴で静かで、悲しみと歓び、別れと出会いに満ちていた。彼女はいつも裸足で、手を振りながら、村に駆けて行って、貪欲に物語を探しまわった。牛小屋を通り過ぎるときは、草を手に持って牛をからかい、仲良しのしるしにした。畦道を歩くときは、両手を開いて、風にゆれている稲穂の先に手のひらをかぶせてくすぐらせてやった。もちろん直接、廟のそばの茄苳樹《あかぎ》のところに行くこともできた。そこには遊びやケンカの好きな子どもたちが集まっていた。だが、彼女は回り道をするのが好きだった。河谷の方角へ歩くと、途中で鳥の巣、蛇の巣穴、清朝時代の古墳を通り過ぎるので、たくさんの物語に出会うことができるからだ。

　彼女がたびたび墓の中の人に向かって話をしていると、たしかに返事をもらうことができた。一番よく返ってくる答えは、沈黙ではなくて、通りがかりの人たちの驚きの言葉だった。「あんたたちはおしゃべりしてるがいいさ、わたしゃ先に失礼するよ」

「じゃあ、私は話を続けるね」。祖母は返事をし終わると、向きを変えて再び古墳の中の人とおしゃべりを続けた。「あんたが一番いいわ、私が何を言っても、何に怒っても、どこかに行ってしまわないもん。それにときどき私の夢の中に入ってきて、大げさに褒めてくれるし。『こんなに長く横になっていると、骨にキノコ（カビ）が生えてきたわい。あんたのおしゃべりのおかげで、ようやく生きるのが楽しくなった。さあ、娘っ子や、わしはあんたに跪《ひざまづ》いてお礼をするよ』。私、言ったでしょ、お墓の中のよき兄弟さん（台湾では祀る人のいない無縁の霊魂を供養する「拝好兄弟」の風習がある）、これからもずっとあんたにお話をしてあげるけど、絶対に跪いたりしないでねって。私の寿命が縮まってしまうわ。そうだ、これからはあんたが私の夢の中に来て物語を話して聞かせてよ。いつも嫁いだばかりのお嫁さんみたいじゃだめよ。不満たらたら、話すのに息を切らして今にも死にそうなフナみたい。そうそう、フナといえば、私、フナの話をしてあげようか」

確かに、変り者の祖母はいつも「くどくどしゃべる」ので、それで「素麵」というあだ名がついてしまった。「素麵」は客家《はっか》語でくどいという意味がある。麵を食べるときに、ずるずる音を立てて啜《すす》るのを見たことがある人なら、この語彙《ごい》がどれだけ正確か実感できると思う。年齢が上がるにつれて、彼女のあだ名はただの「素麵」から「素麵姉ちゃん」、「素麵おばちゃん」に昇格し、最後は「素麵婆ちゃん」になった。

「大通りは歩かず、小道ばかりを歩く」変な癖は、彼女を自分のほうから、まるで借金取りから身を隠している人間のようにしてしまった。しかし、こうするのには道理があった。例えばさきほど話したように、廟の入り口あたりの友達を訪ねて行くときも、迂回して辺鄙《へんぴ》な道を歩けば、何かしら発見があった。遠くの道を歩くと物語がもっとあったし、好奇心をつけ足せば、百回以上歩いた道でも初めてのときのように思いがけない驚きに満ちていて、そのうえ古墳ともちょっとばかりおしゃべりができるのだ。これが祖母だった。

言ってみれば、祖母は三寮坑を離れたことがほとんどない。ここで育ち、結婚し、子どもを産み、病気をし、老いて、亡くなり、悲歓離合を経験した。それで、彼女は空の白雲の変化はまさに三寮坑の人の世の投影のようだと深く信じ、この「白い雲の映画」は百回見ても飽きることはなく、話は難解で、想像力を働かせてようやく理解できるものばかりだった。たとえ亡くなる直前でもこれを楽しむことを忘れず、猫に聞かせて楽しみを分かちあっていた。

祖母はよく言っていた。「楽しいときは、喜びを他の人に与え、悲しいときは、自分で泣けばいい」。しかしこうも言っていた、「悲しい物語だろうと楽しい物語だろうと、物語は人に喜びを与えるものだ」と。祖母は物語を聞くのが好きだったので、生前に計画をちゃんと立てていて、死後はみんなに彼女の葬儀に来て物語をするようにと言い残していた。

彼女はこう言ったことがある。自分の葬儀のときは、花電車の演芸団〔小型トラックの荷台部分をステージに歌や踊りのショーを提供する〕を呼んでもいい。車体が大きく開くと、中から七色のネオンの光があたりにぱっと広がる、あれのことさ。それとも、女の子がポールダンスをして、激しく尻をひねり全身で神おろしをやる、あんなのでもいい。伝統的な「五子《ごし》哭墓《こくぼ》」〔歌仔戯《コアヒ》の演目のひとつ。継母に虐待された五人の子どもが母の墓前で泣く話〕をやって、ウソ泣きが拡声器を通って爆音のように聞こえるのでもかまわない。彼女は言った、どのみちそれはあんたたち残された者の心遣いだから、反対はしないよ。ただ一つの願いは、柩《ひつぎ》のそばに付き添って通夜をするときに、道を通りかかった人、葬儀に駆けつけてきた人、騒ぎを見にきた人などみんなに来てもらって、たっぷり物語を話してほしいのさ。知っている話でもかまわないからね。そのあとは、火葬して、すっきり焼いておくれ。死とはこんなもの、重要なのはいかに時代を生き抜くかということ、そして物語はその唯一の足跡。人が生きたところには、必ず物語があるものだよ。

　僕は祖母の孫だ。家族や村びとたちの葬儀での物語を記録し、整理して一冊にまとめる責任を負っている。これらの物語は、途中で少し話がとんだり横道にそれたりすることもあったので、僕がひとりで整理をおこなった。だが、この本の中の物語は、たとえ誇張されていたり、奇妙であったり、悲喜こもごもであったとしても、まちがいなくこの土地で起こったものであり、もしかするとあなたにとっても身近な物語かもしれない。

　ところで、僕がどんな人間であるかについては、読者諸君のご心配は無用。結婚相手の募集をしているのではありませんから！

微笑む牛（第一話）

亡くなったのは母だ。僕はその息子で、兄弟の一番上。ではさっそく、第一話は僕から話すことにしよう。少し長いけれど、前座として場を温めるものだと思ってほしい。これからお話しする物語は母とは関係がないが、重要なのは、母もこの物語が好きだったということだ。

つまりこうだ。

長い間、我が家には耕作用の牛がいなかった。牛がいなければ、自分たちで耕すしかなく、百年前の古いやりかたに戻っていた。兄弟数人で力を合わせて縄を引き、縄で鉄の犂《すき》を引っ張るのだ。犂を制御していたのは父だった。激しく照りつける太陽のもとで農作業をやるのは、ほんとうに辛い。唇は真っ白になり、汗は滝のように流れ、野良仕事が終わると体中の関節が今にも綻《ほころ》びてしまいそうで、田んぼにぐったり倒れて喘《あえ》ぎ続け、体を起こして家に帰る力が出てきたときにはもう夕方になっていた。

いちばん辛かったのは疲れではなく、傷口が痛むことだった。縄を引く際に、縄が胸の上を何度も往復し摩擦するので、痕《あと》が残り、ちょうど左肩から胸の下にかけてまっすぐ線の模様がついていた。さらにまずいことになった。服が傷口にぴったり張りついて、脱げなくなったのだ。力を入れて引っ張ろうものなら肉片も一緒に剝がれ落ちそうだった。僕が一週間も上着のシャツを着替えなかったのは、こういうわけがあったのだ。体を洗うときは、石鹼で全身をこすり、脱げないシャツも一緒に洗ってしまう。その後、硬く絞り、田の畔《あぜ》に座って、そよ風と自分の体温でシャツを乾かして、こうしてようやくベッドに戻って寝るのだった。

「大した問題じゃない、俺が解決してやるよ」。あるとき弟が近寄ってきて、僕を慰めてくれた。

「どうやるんだ?」僕は言った。

「今は言えないけど、俺に任せなって!」

翌日いつも通り犂を引き終えると、くたくたに疲れ果て、腹がへり、眠くてぶっ倒れそうになった。体を洗うとき、ズボンを脱ぎ、あの脱げないシャツだけを残して、目を閉じてしゃがんで待った。弟が何やら手品でもやって、僕の体に張りついた臭くてぼろぼろになった雑巾を消してくれるのを。

彼は言った。三つ数えるうちに、シャツは消えてるからね。だが、まだ「二つ」しか数えていなかったのに、僕の尻に一つ蹴りを入れ、両手でシャツを上にめくって胸からはぎ取った。

「ぎぁっ！」

痛いなんてものではなかった。大型トラックに胸を挽《ひ》きつぶされ、その上に酢と火のついた木炭を撒《ま》いたようだった。僕はその瞬間、空の半分の高さまで跳びあがり、振り向いて弟と取っ組みあいのけんかを始めた。僕があいつの腹を蹴ると、あいつは僕の頬を殴り、その始末におえないことと言ったらまるで鶏の腹の中から引っ張り出した内臓みたいだった。父が客間から走って出てきて、事の顛末《てんまつ》を知ると、ため息をついて言った。「よし、わかった。年末になって、金が貯まったら、牛を買えばすむことだ」

時間は瞬く間に過ぎて冬がやってきた。天気は快晴、明るく鮮やかな菜の花が田畑いっぱいに咲き、ミツバチが蜜を吸っていた。父は朝ごはんを食べ終えると、家を出て菜の花畑を通り過ぎ、牛を買いに出かけて行った。そのいで立ちといったら、頭に斗笠《ドウリ》〔竹の葉などで編んだ笠〕をかぶり、足に雨靴をはき、そのあいだには濃いブルーの背広を着ていて、現代風に言えば失敗した「ミックス・アンド・マッチ」〔ミスマッチ風のファッション〕と形容するしかなかった。

この背広は、家の前にある「髪夾弯《ピンカーブ》」で、よそ者がしょっちゅう車の運転を誤って転落し、取り残された死者の服を父が拾ってきたものなのだ。節約のため、お祓いをする道士を呼ばずに、自分でやり方を真似てしばらくぶつぶつまじないを唱えてから、服は「清められた」と大げさに宣言した。これをよそ行きに着ているのだが、すこぶる自慢に思っているらしく、道々しきりに「どうだ、格好いいだろう」と言った。どうしてもそうは思えない家族は死ぬほど恥ずかしくなって、彼一人バスに乗せて牛の買い付けに行かせたのだった。

父がバス停で長いこと待っていると、ようやくバスがゆっくりのんびり走ってきた。バスの中は動物、人の体、機械油の強烈な生臭いにおいが立ちこめ、エンジン音が狂ったように響き、窓ががたがたと音を立てて飛び跳ねていた。父がやっとバスに乗りこむと、中の人たちはもとより、一緒に乗せられ運ばれて行く鶏やアヒルからも、いっせいに視線をあびた。このときから、心臓の鼓動が速くなり、手のひらに汗をかき、瞳孔《どうこう》が開いて、しまいには刑場に赴く気分になった。

「お客さん、どこまで行きますか?」若い女の車掌が声をかけた。

父は緊張した。車掌の後方に、「方言禁止」の木札が掛かっていた。黄色地に黒い文字で、皇帝の命令のように高々と掲げられている。これはまずいことになった。父は客家《はっか》語をしゃべり、標準語の能力は外国から来た宣教師より二言、三言多くしゃべれる程度だった。それで言葉を濁して言った。「わし、わし、わしは…買に…行く…」頭と舌がこんがらがって結び目をつくってしまった。が、突然思いついた。もし牛を買いに行くと言えば、自分が大金を身に着けていることがばれてしまう、泥棒にでも狙われたらおしまいだ、バスの中では逃げようにも逃げられないではないか。

父はちょっと考えて、もともと買牛《うしをかう》と言うつもりだったのを、こう言い換えた。「買妞《おんなをかい》に行く」

「買牛《マイニュウ》」が「買妞《マイニュ》」に変わり、音が一つ変化した。乗客全員がにらみつけた。よくよく見てみれば目の前にいる変な服装をした男は、足の先から頭のてっぺんまで、全身に濁気《だくき》〔漢方で、体内から排泄される汚濁の気〕が漂っている。次に頭のてっぺんから足の先まで見てみると、全身に悪人の臭いがぷんぷんしてきた。みんながあれこれ非難しはじめ、雄鶏までも鳴き声をあげた。

父は言い間違えたことに気づき、慌てて言いなおした。「わしは買鈕釦《ボタンをかい》に行く」。さらに自分の背広のボタンが取れたところを指さして見せた。

「買牛（マイニュウ）」、「買妞（マイニュ）」から「買鈕釦（マイニュウコウ）」まで、父の舌は上がったり下がったり三回も抑揚が変化したので、推して知るべし、このあと三か月間、村じゅうがこの話題でもちきりになり、そのうえバス路線沿いに散らばって行った乗客がさらに笑い話を広げてしまった。しかしこれで終わりではなかった。父が乗車してからずっと忍耐強く黙っていた車掌が、ようやく口を開いた。「あなたが何を買いに行こうと私はどうでもいいんです。私が聞いたのは『どこに行くか』ということ、どのバス停まで行くか聞いてるんです、どこで買い物をするかではありませんからね」

父は片道切符を買った。目的地は三〇キロ離れた三義《サンイ》で、そこでは牛を売る「牛の市」

をやっていた。

彼はバスの後方へ進み、窓側の席に座ることにした。だがことはそう簡単にはすまなかった。進行方向と反対向きに歩いていたので、めったにバスに乗らない彼はすぐに車酔いしてしまった。内臓がぐつぐつ沸騰している湯のように体の中で暴れ回り、朝食が胃の奥から突き上げてきて、口の中でかろうじて押しとどめられていた。彼は意思の力を頼りになんとか座席までたどりつき、窓を開けて、朝飯を吐き出した。窓の外は風が強く、胸のポケットにしまっていたお札をつぎつぎに巻き上げていった。胸元を押さえて塞《ふさ》いだが、しかしすでに半分のお札が飛んでいったあとで、道端で洗濯をしている老女の体の上に落ちた。老女はそれ以降そこに跪《ひざまず》いて、噂が再現されるのを待ち続けた。その噂とは、バスに乗った金持ちがお札をちり紙がわりに、鼻をかんだり口を拭いたりしたあと、車の外に投げ捨てる、というものだった。

父は大金を払ってこの噂話をつくったことになる。そのうえ、田舎者の劣等感が邪魔をして、紐を引いて鈴を鳴らしバスを降りて金を拾う勇気もなく、ぐったり力が抜けたまま座席に腰かけて呆然としていた。バスは彼を乗せて三〇キロ先へと連れて行っていたが、道中の車窓から見える風景はまさしく煉獄《れんごく》の悪夢のように歪んで見えた。

やがて、牛の市に到着し、牛を全部見終わったが、誰一人彼の買い値につきあう者はいなかった。夕方になった。牛の販売業者はほとんど帰ってしまい、広場には無数の牛糞と青バエが残された。このとき、一頭の牛が夕日の下にぽつねんと、弱々しい姿で立っているのが見えた。歩み寄って行くと、その年寄りの牝牛《めうし》がずっと彼に向かって微笑みかけ、尻尾で青バエを追い払っていた。

微笑まれながら、父は牝牛の状態をチェックした。蹄《ひづめ》は薄い灰色、左目は失明、耳は垂れて、健康で丈夫であることを示す項目は一つもなかった。最後に、牛の口を押し開けて歯を点検した。健康な牛なら八本の歯が生えているが、この老牛は三本しか残っていない。牛は三十歳くらいで、せいぜい生きてあと二年だろうと父は思った。

老いた牝牛の持ち主は、痩せて幼い男の子だった。裸足で、ずっと頭を垂れており、頭のてっぺんにびっくりするような白癬《しらくも》の痕があった。男の子は牛の手綱をしっかり握りしめ、足の指を見つめていた。

父は客家語で尋ねた。「どこから来た？」

小さな男の子が顔をあげた。顔はひどく汚れ、髪の毛はもつれて絡まっていたが、とても明るい目をしていた。彼は閩南《びんなん》語で言った。「通霄《トンシャオ》。半日歩いてやっとここに着いた」。彼は海の方を指さした。

父は男の子の手の方角に目をやった。山の向こうに、また山が見えた。通霄は海に面しており、山の果てが海の懐に入るところにあった。このとき、海から流れてきた霧が、うっすらと山脈に化粧をして、見えるか見えないかわからないくらいぼんやりしてきた。

「おじさんは、獅潭《シータン》の三寮坑《サンリャオコン》だ」。父は中央山脈の方角を指さし、自分の手の方角に目をやった。そこも山の向こうに、また山が見えた。山と山の谷間には平原が広がり、川が流れていて、父はそこから来たのだ。山脈は一面に夜のとばりがおりて、濃い黒色をしていた。

男の子は手に握っていた手綱を上のほうに差し出し、手を開いた。この仕草は、彼がバトンを海側から持ってきたので、今度はあなたがバトンを受け取って、山の中へ走って行く番だと伝えているように見えた。

この生命のリレーを、父は受け継ぎ、少しのためらいもなく金を取り出して払った。父は歩き出し、家路を数歩あるいたところで振り返った。「この牛は何という名前だ?」「火金姑《ほたる》」。男の子は言い終わると、父が牛と一緒に山の景色の中に消えてしまうまでずっとそこに立ち続けていた。

家族の反応はどうだったか? 父が家を出たあと、みんなは背もたれのない木の長椅子を外に運び出して、道端で座って待っていた。四時間が過ぎ、八時間が過ぎて、通り過ぎる小型貨物車は希望と失望を運んで去って行った。それから、太陽が山に沈み、星が出て、丘に濃い霧がかかり始めると、何を見るのも難しくなった。外はこんなに真っ暗で、霧がこんなに濃いのに、父さんは牛を買いに行ったきり、どうしてまだ帰ってこないのだろう。

僕たちの複雑な気持ちは心配に変わった。最終のバスが停留所を通過したあと、僕と弟は農薬袋にいろいろなものを詰めて、最終バスに乗り遅れた父を探しに出た。僕らは知っていた、このまま歩き続ければ三〇キロ以内のどこかで父と出会うはずだということを。

寒い中を、冷え切った道を歩いて、一〇キロほど行ったところで、僕たちは父を見つけた。みんなの期待にたがわず、がっちりした体の雄牛を買って戻ってきたのだ。牛の筋肉は発達し、足音が濃霧を突き通して聞こえてくる。僕と弟が興奮して駆け寄って行くと、ただ驚愕するしかなかった。

なんと、濃霧を隔てて見えたのは猛牛だったが、近くで見るととてもじゃないがひどいものだった。それは年寄りの牝牛で、まつ毛は抜け落ち、目は濁った光を放ち、特に地面すれすれまで垂れ下がった乳房には、もうびっくり仰天、「年寄りの婆ちゃん牛」だったのだ。父さんはいったいどうしたんだ、ガラクタを買ってきて何する気だ？ 僕たちは道々ずっと文句を言い続け、父に嫌味を言って、気分は最悪だった。僕はそのとき十五歳で、弟は中学に上がったばかりだったが、父も人の子だということを理解せずに、子どもが間違いを起こしたときのように責めた。

「この牛の持ち主は、お前たちよりも年下の子どもだった。見たところ、ほんとうに金に困っているようだった。家族に重病人が出たから、牛を売りに出したのかも知れんなあ」

「聞いてもいないくせに、どうしてその子の家に病人がいるってわかるのさ？」僕は愚痴を言った。

「聞いちゃいないが、においでわかった」。父は手を広げて、僕たちに牛の手綱を嗅がせた。

ぷうんと漢方薬のにおいがした。微かだったが、当帰《とうき》、龍胆《りゅうたん》、人参《にんじん》の類だ。さらに塩のにおいもした。それはぜったいに手の汗ではなく、もっと純粋な海の味だった。これらは牛が沿海地区から来たもので、そのうえ、その牛の主人はしょっちゅう漢方薬を煎じていることを示していた。

「だからってこんな年寄りの牛を買うことないじゃないか？」僕はまた不平を言った。

「年寄りなんかじゃないぞ！　それに、俺を救ってくれたんだ。この牛を買ったあと、金がなくなったので、歩いて帰るしかない。途中、山道は曲がりくねり、分かれ道が多くて、そのうえひどい霧が出てきた。だが幸い、この牛は『火金姑《ほたる》』のように濃霧を見通すことができるんだ、家に帰る道を見つけてくれたんだよ。それに、俺と牛は八時間歩きっぱなしで、いくつも山を越えた、体が丈夫な証拠だろ」。父は言った。

「そうだ、この牛には特徴がある」、父はまたつけ足した。

「穀物袋を引っ張ることができるのか？」

「もちろんできるさ！」

「大木を担げるのか、それとも飯が炊けるのか?」僕は冷ややかに言った。

「笑うことができるんだよ」。父は老牛の肩をぽんぽんとたたいて言った。「ひとつ笑ってみな」

老牛が笑った。干からびた黄ばんだ歯をむき出しにして。僕は苦笑するしかなかった。微笑むことができる老牛は力仕事ができるのか?　もし笑って問題が解決できるなら、家族全員、畔で腰に手をあてて大笑いしているさ、腰をまげて農作業なんかやらなくていい。弟に至っては、地面の石ころを力いっぱい蹴り飛ばしていて、胸中の怒りがどれだけ深いか見て取れた。

僕たちは牛を牽《ひ》いて砂利道を歩いていた。牛の蹄《ひづめ》が踏みつける音が微かに響いた。このとき、霧が薄い靄《もや》に変わり始め、しばらくすると霧がすっかり晴れて、空は快晴、密集した星の群れが姿をあらわした。天頂で輝いている銀河が白く明るい光を震わせている。僕は空の果てを仰ぎ見ながら、牽牛星《けんぎゅうせい》と織女星《しょくじょせい》の伝説を思い出し、それに、牽牛が乗っている老いぼれ牛を思い出してしまった。こんなときにこの伝説を思い出したって何の意味もないのに。

家に戻ると、老牛は二日休んでようやく働き始めた。はたしてみんなの見たとおり、老牛は木の灰でできているようで、くび木を背負わせるとぜいぜい喘ぎ、道を歩かせると足が震え、田に入るとよろよろして、犂を引かせるとあっさり泥の上に腹這いになってしまい、もう少しで深さ数センチの水の中で溺れ死ぬところだった。こうなったらもう、牛を神様扱いして、畔に引っ張って行ってお休みいただくしかない。僕たちはこれまでどおり、百年前の古いやりかたに戻って田を耕した。数人で縄を引き、縄の後ろから犂を入れていくのだ。このニュースはすぐに広まり、村のみんなは「人が田を耕し、牛が休憩する」奇観を走って見にきた。またこの出来事は「デザート」になり、これ以降、村のみんなはお茶や食後のくつろぎのときに取り出して味わい、さらに「老牛《ラオニュウ》」のために「老妞《ラオニュ》」〔年寄り女〕というあだ名までつけてくれた。

二週間後、春耕が終わると、僕らは疲れて足の震えが止まらなかった。村びとは僕らに出くわすと、彼らのほうから関心を示してきて、言うことは決まってこうだった。「老妞はどこで買ったんだね?」「そういえば、ここんとこ老妞は元気にしてたかね」あるいは「あの老妞のことだがね、乳房を地面にたらして箒《ほうき》の代わりかい、わっはっはっ」。腰を両手で持ちあげるようにして笑い出し、話が続けられなくなってしまうのだった。

村じゅうで唯一、老妞を好きになったのは僕の祖母だった。彼女は言った。「この牛はどう見たって、どこもかしこも私にそっくりだねえ、年寄りで役立たずで」。それからふふふと笑って牛を撫でた。

ちょうどこのとき、父がいいニュースを宣告した。老妞を売ることにしたのだ。もちろん、村には買う人間などいない。農民が「役立たずの皮」と言われた老妞を買うことはあり得ない。父が言ったのは、老妞を屠殺場《とさつ》に売って殺す、という意味だ。これは農村の慣例だった。一頭の牛が、どれだけ働いて家のために功労を尽くしても、足が折れたり、目が見えなくなったり、老いたりすれば、たとえ愛していても、最期まで養うことはできない。まだ呼吸しているうちに屠殺場に売れば、錐《きり》を頭蓋に打ちつけて殺し、解体して売りさばいてくれる。老妞の運命は決まった。功労はなく、笑い話をひとつつくって。僕らは少しも惜しいと思わなかったし、とっととこの「デザート」を送り出してしまいたかった。

しかし、物語はそうすんなりとは終わらなかった。老妞を屠殺場に送る二日前、祖母が行方不明になった。祖母は痛風を自分で治すために薬草を摘む習慣があった。その日、彼女は家を出て、夜になっても戻ってこなかった。夜に雨が強く降り、窓を打ちつける雨は濃霧のような水しぶきを上げた。家族は心配で生きた心地がしなかった。父は、たとえ雨が止んでも、もし山中で一夜を明かすことになれば、体温低下の運命から逃れるのは難しいと予測を立てた。父は村びとに救助を求めた。

村の青年男子が出動して、カッパを着て懐中電灯を手に山じゅうを探した。外は真っ暗で、雨が大きな音を立てて響いていたので、祖母を呼ぶ声は何の役にも立たなかった。状況がますます悪化していくのを目の当たりにして、僕は老妞を思い出した。左目は見えなかったが、右目のほうはホタルのように明るくて、夜、濃霧を突き通して見ることができ、あの日父を家まで連れ帰った。もしそうなら、みんなを案内して祖母を見つけることができるはずだ。

　父は僕の考えに従い、牛小屋から老妞を引いてきて、鼻輪に結びつけた荒縄をほどき、両の角《つの》にそれぞれアセチレンランプを掛けて、言った。「さあ行け！　母さんを見つけたら、お前は自由だ」。それから、尻をたたいて道のほうへ追いやった。

「行け！　探しに行ってこい！　お前の才調《ほんりょう》を見せてくれよ」、僕は叫んだ。

　僕らは遥か後方に身を隠して、老牛の自由にさせた。老妞は牛小屋を何周かしてから、雨の中を歩き出した。大雨が体に降り注ぎ、霧が発生して、ぼんやりとしたシルエットをつくった。もしよく響く牛の鈴とアセチレンランプの導きがなかったら、こんな雨では老妞の姿も見失っていたかもしれない。老妞はゆっくり歩き、こっちにふらふら、あっちにふらふら、腹が減ると草を少し食べた。後ろをつけていた僕らはほんとうに焦って、からからに熱くなった体に雨が落ちると沸騰しそうになった。ずいぶん経って、老妞は祖母がよく行く山道に入った。雑木がまっすぐにそびえ立ち、激しい雨を受け止めている木の葉が拡声器のように雨音を大きくしていた。老妞の姿はますますぼんやりしてはっきり見えなくなり、鈴の音も聞こえなくなって、ただアセチレンランプが林の中に微かに消えていくのが見えただけだった。

　老妞が山道で立ち止まりぐずぐずしていたかと思うと、急に鳴き声がして、谷間に落ちて行った。僕らは老妞が足を滑らせた場所に駆けつけて、下を覗くと、黒く深くて、見れば見るほどぞっとしてきた。このときだった、牛の頭に掛けていた二つのランプが一〇数メートル下に落ちているのを発見したのだ。いったい何が起こったのだろう？

僕たちがそっと足を運びながら、下の方を探って行くと、一〇数メートル先のところに、まず折れた牛の角が太い枝に引っかかっているのを発見した。ランプは牛の角に掛かったままで、やけどするくらい熱くなったランプの本体に雨が当たって湯気を立て、じーじーという音を出していた。かよわくて、とても悲しいランプだった。老妞は怪我をしてしまい、もはや祖母を探す任務を果たすことができなくなった。

僕らが谷底に着いたとき、意外にもすぐに感動的な一幕を目にすることになった。老妞の折れた角の傷口から血が吹き出し、雨水が頭部を濡らしてトマトのようになっていた。しかし、老妞はランプを一つ失っただけで、もう一方の角にはまだランプが掛かったまま、明々と輝いていた。そしてその小さなアセチレンランプの光が、僕らが探している人を明るく照らしていたのだ。間違いない。祖母は倒れた大木の下に隠れて、まるで子どものように震えていた。老妞は微笑んで、巨大な体を近づけて祖母を温めた。

「お前は微笑みでこの世界に接しているから、私の心まですっかり温かくなったよ」

祖母は老妞の垂れた乳房の下に潜りこんだ。それは雨をさえぎる傘の役目だけでなく、さらに掛け布団のような温もりがあった。

まだ雨が降っていた。冷たくて寒かったが、老妞の返事はいつも微笑みで、これほどシンプルなものは他になかった。老妞は微笑みであらゆる困難を溶かしていた。

　僕らは祖母を連れて家に帰り、生姜湯を飲ませ乾いた服に着がえさせた。彼女は言った。谷間に落ちたあと、急な傾斜面をよじのぼる力はもはやなく、目の前の谷川は水嵩《かさ》を増して行く手を拒んでいた。仕方なく、木の幹の下に潜りこんだが、夜を持ちこたえるのは無理だろうと思った。もう一度目をあけたとき、角に掛かったランプの明かりに照らされた微笑みが見えた。老妞だった。祖母は思わず涙を流した。

　ほんとうのところは、老妞が谷間に落ちたのは不注意からではなくて、早く祖母を連れ戻すためだったのだ。この功績により、老妞も褒美をもらった。父は老妞を売り払わないことにし、家族の一員とみなして、僕がその世話係になった。塩漬け魚が身を翻すことができるように〔身分の低い者や軽蔑されていた者が急に幸運にめぐまれるたとえ〕、老妞もそれができたというわけだ。老妞は祖母を救ったので、家の中の地位は上がり、外でもそうだった。老妞にどんな優れた点があるかについては、村で旋風を巻き起こしたので、僕が引き続き話すことにしよう。

　まず一つ目は、老妞は三寮坑で唯一の牝牛で、雄牛でさえ老妞に夢中になったことだ。人の話に「三年兵隊に行くと、メス豚も貂蝉《ちょうせん》〔『三国志演義』に登場する架空の女性。古代中国の四大美人の一人〕に見えてくる」というのがあるが、牛の世界も同じだ。村の雄牛は牝牛をめったに見たことがなく、あるいは雄牛の目には、牝牛はもともとこんな美しさ――老いた乳房が地面まで垂れ下がり、皮膚はゆるみ、角が一本欠けているものだったのかもしれない。雄牛は発情して、家の前を通り過ぎるたびに、老妞に向かって興奮し、狂ったような鳴き声をあげた。

「ほら聞いてごらん、若僧どもが我が家の婆ちゃんを好きだってよ」。祖母はふふふと笑って言った。

二つ目はというと、老妞は年を取っていたが、乳房があった。青草を食べさせ、老妞がそれを味わっているすきに、僕は手を牛小屋の中に突っこんで、乳房を引っ張り出した。老妞の乳房は柔らかくて、乳首をつままれても痛がらなかった。口を寄せて吸うと、生乳の臭みが強かったが、味はこのうえなく素晴らしかった。僕はどんどん吸いながら、目を細めて牛小屋の欄干に腹這いになって味わっていた。ふと、横を見ると、左側に弟が、右側に妹がいる。彼らもご相伴にあずかっていたのだ。

三つ目は、老妞はほんとうによく糞をした。牛は一日に多くて四回糞を垂れるが、老妞は七回、もっと多いときもあった。僕はしょっちゅう牛糞を掘り返して、日に干してはまたかたづけていた。これは老妞の消化器系が丈夫だという証拠で、ひき臼《うす》より勝っていた。牛糞の利用法は多岐にわたり、肥料にする以外にも、土壁の「粘着剤」として使えた。昔ながらの建築工法は、竹で壁の骨組みをつくり、それに泥土を塗るというものだ。土にもみ殻と牛糞を混ぜると、特に牛糞は植物繊維を多く含んでいるので、粘着性が強くなる。それ以外にも、もみを収穫した後、農地の一部を選んで石のローラーで平らにし、牛糞を敷き詰めるという使い方がある。最高においしい米はこの牛糞を敷き詰めた穀物干場で天日干ししたものだ。日光に当てる時間が長いほど、熱が均等に伝わり、一粒一粒が透明な乳白色になって、いい香りがするようになる。その次にいい米は、セメントの地面に干したもの、いちばんまずいのが乾燥機であぶったもので、錆の味がした。この牛糞干場のおかげで、あぁ、神様！　我が家の天日干しを終えた米の品質はまったく申し分なくて、価格も一割がた高くなった。

四つ目は、老妞が僕を一躍有名にしたことだ。これは「搵浴《おんよく》」のことから話し始めねばなるまい。老妞は水牛だ。午後の暑い時間は、川に連れて行って水浴びをさせ体温を下げる必要があり、これを「搵浴」と言った。この時間、川辺はどこも牛だらけで、静かな川の中から背と頭を露出し、鼻の穴を大きく開いて力いっぱい呼吸する音があちこちから聞こえてきた。いい場所はすべて占領されており、「博愛座《シルバーシート》」を譲ってくれる人もなく、老妞は辛そうにして、ぶつぶつ吹き出物ができたような砂利石の間の水域で水浴びをするしかなかった。その場所に行くには、日に照りつけられて熱く白くなった石の上を通って行かねばならなかったので、老妞は歩きながら、体を上下に揺らし、背中の肩骨がとりわけ高く盛りあがった。

それから老妞は水の中に入って行き、深い池になったところに落ちて浮いたり沈んだりした。牧童たちが歓声をあげて溺れ死ぬ牛を見にやってきたとき、老妞は池の中から浮きあがってきた。その姿はゆったり落ち着いて優雅だった。これ以降、老妞は深い池の区域を独占使用するようになり、誰も横取りできなかった。僕もときどき水の中に入って、老牳の背中の上を泳いだり、木片を手に持って船に見立てて漕いだりした。取り巻いて見学している人が多いときは、牛の背の上に立って、背中をとんと踏むと、老牳は体を回転させて背泳ぎの格好をした。この動作は五秒間持ちこたえることができたので、そのあいだに僕が腹の上でショーをやるには十分だった。たとえば、ソファーに座っているような仕草をして、片足を組み、さらに何組かの乳房を左右両側から胸に引き寄せて安全ベルトのように締めたりするのだ。その川の三キロ近辺の牧童たちはみんな老牳のショーを見たことがあり、たくさんの賛辞を送ってくれた。これとは対照的に、頭に五つ渦巻きのある、角の紋様も深い、後ろ脚の発達した雄牛たちは、ただの観衆になるしかなかった。

耕作はできないが、ほかの事はなんでもよくできる老牳を飼っていたら、あなたでも人に妬《ねた》まれていたかもしれない。

僕が老牳を牽いていると、牧童たちは羨ましそうに言った。「おい見ろよ、でっかいカブト虫だ」。僕が草叢にしゃがんで大便をしていると、牧童たちはそれを見てはやし立てた。「へぇ、見ろよ、あの老牳を牽いてる誰だっけ、あいつもチンポコなくして、しゃがんでしょんべんしてらぁ」。通り過ぎる雄牛でさえモウモウと大笑いし、残った老牳だけが僕を可哀想に思い、ムウムウと鳴いて、僕を舐めてくれた。

牧童の中で、いつも挑発してくるのは、村の入口に住む「阿舎牯《アサグ》」だった——このあだ名は「金持ちのぼんぼん」という意味だ。奴の思いあがりは自分が飼っている牛から来ていた。その牛ときたら、ものすごく怒りっぽい上にずる賢くて、もっぱら他人の家の稲の苗ばかり食べるのだ。もちろん、この種の牛は「戦神《せんじん》〔戦いの勝者〕」になる。僕があいつの牛をこういうふうに言うのにはわけがあり、その牛はこの川全域の闘牛で一貫して圧倒的な勝者を誇っていたからだ。

　闘牛では、二頭の牛が角を突き合わせて、蛮力を競い、テクニックも競う。どちらか一方が諦めて逃げ出しさえすれば、勝負が決まる。この「戦神」の特徴は鼻が裂けて、非常に恐ろしい形相をしているところにあり、ある対戦の際にできた傷跡だった。そのとき、鼻を突かれて潰され、顔から血が噴き出すのも構わずに、相手が尻尾を巻いて逃げ出すまで戦ったのだった。

　あるとき、僕と阿舎牯が小道で出くわし、それぞれ牛を牽いていた。阿舎牯《アサグ》はわざと「戦神」の脇を突いた。そこは牛の敏感な場所だ。「戦神」は怒って暴れ出し、激しく頭を振って、すれ違った老妞を押してきた。老妞はもともとが浮草のような歩きだったので、ぶつけられるとすぐにはね飛ばされて、道の脇の斜面を二回転して滑り落ちて行った。

　僕は大変な苦労をして、やっと老妞を引き揚げてから、叱りつけた。「無駄めし食いめ、ちょっとぶつかっただけですぐにひっくり返りやがって。たくさん糞をして、乳が長いほかに、お前は何ができる?」

こう罵っても何の役にもたたず、後日「戦神」に出くわすと、老妞はまた同じように震えあがって、頭をねじって駆け出してしまった。手綱がまだ僕の手の中にあることなどお構いなしで。おかげで互いに引っ張りあう格好になった。これには僕も怒り心頭、数か月間老妞の世話をしてきた鬱憤が一気にあふれ出てきて、老妞を見ると少し癇癪《かんしゃく》を起こしてしまった。しかし老妞のほうは、すでに十分生きたからか、それとも気性が温厚だからなのか、逆らいもせず、僕に向かってムウと鳴きもせず、おとなしく僕が罵るのを聞いたあと、さらに微笑みを返してきた。こうされると、僕は反対にもっと怒り出した。何も感じず、馬鹿みたいに、一生善良な目で世界を見続ける牛なんているはずがない。

さらにもう一度、僕と阿舎牯が小道で出くわし、それぞれ牛を牽いていた。「会いたくないやつにはよく出会う」とはこのことで、狭い道で出会ってしまった。阿舎牯《アサグ》が卑怯な手を使って、「戦神」をけしかけて押しのけにくるのはわかっていた。だが僕はどうしようもなく、むざむざ辱めをうけた。別れ際に、僕は怒って阿舎牯《アサグ》に言った。「なに偉そうにしてんだ、闘牛をやろうじゃないか！　お前が負けたら、老妞の糞をおとなしくぜんぶ食うんだぞ」

阿舎牯《アサグ》は大笑いして、挑戦状を受け取り、さらに逆説的な風刺の方法で、あちこちにこうふれ回った。彼の家の「戦神」は、老妞の乳房で圧し潰されるんじゃないか、糞に埋まって溺れ死ぬんじゃないかと怖がっている、と。ほんとうに、僕は老妞には自信がなかったので、人参菜を摘んで食べさせて体を強くすることにした。口に合う青草にくらべると、香りが強くて癖のある人参菜は、僕にとってのニガウリと同じように、老妞が好まなかったのも当然だった。僕は棒で口をこじ開けて、無理やり食べさせた。試合のときに三回戦までいかないうちに負けてしまっては困るのだ。

決闘の日は、二日後の河原に決まった。試合当日、近所の牧童たちはみんな見にやってきて、賭けまでやった。老妞の勝ちに賭ける者が誰もいないので、元締めは早々に賭場の解散を宣告し、大きな声で言った。「これは三寮坑の有史以来最もつまらない試合だ」。賭けはなくなったが、「婆ちゃん牛のおっぱいが相手の牛を圧死させる」出し物を見届けようと、有史以来最も多くの村の子どもたちがやってきた。このとき、とにかく一言で言えば、老妞に人参菜を過剰に食べさせ、栄養満点だったので、乳の出がよくなって乳房が張り、僕はさながら大きな水球を引っ張るようにして登場した。

試合開始までのカウントダウンに入った。老妞と「戦神」は互いに五メートル離れたところで、「始め」の号令を待ち、頭でぶつかりあうことになっていた。闘牛の秘訣は「巻きを入れる」ことにあり、持ち主は力いっぱい牛の尻尾をねじあげた。痛い思いをさせられた牛は怒りっぽくなっているので、試合はぐんと盛りあがる。「戦神」側は三人一組で、二人が角をつかまえ、阿舍牯《アサグ》が後ろで「巻きを入れた」。尾をゼンマイを巻くように最後までねじあげたので、牛の尻尾から血が滴りそうになり、角をつかまえている二人は体を斜めにして、足で地面を突っ張り、「戦神」が前に突進して行くのを押さえつけていた。

「準備はいいか？　こっちはもうぎりぎりだ」。阿舍牯《アサグ》はお願いだというような目つきをして、僕に早く準備を終えるよう促した。

「もうすぐだ、ちょっと待て」。僕は答えた。

じつをいえば、老妞の側は、人が角を押さえる必要もなく、僕ひとりで「巻きを入れた」。でも……、尻尾をねじ切ってしまいそうになっても、老妞は相変わらず気力が出ず、「反戦派」の姿勢を保ち続けた。観客の中にはこんなに長く待たされてうんざりとばかり、老妞に石を投げつける者もいた。老妞は鳴きもせず、怒りもせず、微笑んでいるだけだった。あるいは老妞にとってみれば、世界はずっとこうあるべきで、老妞の情緒に影響を与えるものなど何もないのかもしれない。

僕は焦った。急いで老妞を怒らせる方法を探していると、とっさにいい知恵が浮かび、老妞の折れた角の傷口を石でつついてみた。この手は効果があり、老妞はムウと鳴いた。その声は怒っているのか溜め息かわからなかったが、そばにいた審判がここぞとばかり野薑花《ジンジャー・リリィー》を振って、大きな声で叫んだ。「始め」。双方の人員が急ぎ片側に避けた。このとき、観衆のさまざまな思いが瞬時に最高潮に達したが、誰も声を出さず、かたずをのんで一場の戦闘を静観した。

「戦神」は、与えられた称号どおり、五つの渦巻きがある頭を下し、目を吊りあげ、角をひけらかして、がっちりした丈夫な四本の足で自分を弓矢のように放った。

しかし、老妞よ！　老妞は、元の位置に立ったまま、尻尾を左右に大きく揺らし、耳をぱたぱたさせて、かつての知り合いのように微笑みかけたのである。その瞬間、僕はわかった。老妞がここ数か月ずっと顔に浮かべていた微笑みを、どこで見たことがあったのか。それはあの夜、父がはじめて老妞を三寮坑に連れ帰った日、僕が牽牛星と織女星を仰ぎ見たときの、満天の星の微笑みだったのだ。

老妞は、きっと天の星が下界に降りてきたに違いない！　もし僕に早くその微笑みの意味がわかっていたら、老妞を無理に戦わせたりしなかった。

だが手遅れだった。どんと音がして、「戦神」が微笑む老妞にぶつかった。老妞は後ろに数メートル飛ばされて、地面に腹這いになり、もがき始めた。しかし、もはや止まらなくなった「戦神」が直撃して、老妞の両目を踏みつぶした。老妞はいななき、地面から体を起こして、前方へ突進した。僕ははじめて老妞が速く走るのを見た。まるで空飛ぶ絨毯《じゅうたん》のように、障害物にぶつかると、目の見えない老妞は激しく何度か体当たりしてから、それを避けて走って行った。老妞がみんなの視界から消えていくとき、目の縁だけでなく、頭の傷口からも鮮血を流していた。

観衆はつぎつぎに去って行き、世界は安静を取り戻した。僕はひとり河原に座っていた。気分は最悪で、老妞を追いかけて連れ戻す気がまったく起こらなかった。たぶん、ひどい傷を負った牛と向き合うなんてできない、ぜんぶ自分のせいだ、という思いでいっぱいだったのだと思う。夕方になり、虫の鳴き声が川のほとりで合唱を始め、カニクイマングースが一匹、草むらから頭を出して、また消えていった。それから白鷺《しらさぎ》の群れが突然沢から飛び立ち、美しく色づいた雲の中に入って行くと、あたりが暗くなってきた。僕の河原での時間は終わり、体を起こしてそこを離れた。ほんとうの困難はこれから始まる。僕は家に帰って問題に直面しなければならなかった。これが責任というものだ。

父は僕に平手打ちをした。その平手打ちはずっしり重い音がして、耳が遠い祖母さえも部屋から出てきた。すぐに、祖母は僕が殴られないようかばってくれて、みんなにランプを持って早く老妞を探しに行くよう外へ押し出した。僕たちは再び川辺に戻り、地面の血痕をたどって追跡を始め、山をいくつか越えた古い茄苳樹《あかぎ》の下で老妞を見つけた。老妞は木の幹に寄りかかって喘《あえ》いでおり、今にも息が切れそうだった。

山脈はかくも壮大で、暗黒の夜はかくも濃く深く、道はさらに延々と続いていたので、本来なら老妞を見つけるのは至難の業だった。僕たちがこんなに早く見つけられたのは、偶然ではなく、天の定めだった。それはつまり、老妞が光を放ちながら、どんどん巨大になっていったので、遥か遠くからでも見えたのだ。僕らは光を頼りに見つけたのだった。その温かい光は、あまりにも明るくて、懐中電灯を消してからでないと近づくことができなかった。

光は、老妞の体から出ていたのではなくて、ホタルの光だった。ホタルが周囲を飛んで、静かに老妞を取り囲んでいた。このために、僕らが目にした老妞は、無限に膨張した光の輪であり、光の輪のなかにロウソクの黒い芯のようなものがあって、それが老妞の体だった。ほんとうに美しくて、近づいて見つめる勇気が出ないほどだった。

「菩薩様のご加護だ、まだ生きているよ」、祖母が叫んだ。

「だが、全身血だらけだぞ！」父が言った。

僕は叫んだ。「老妞、おいで、家に帰ろう」

老妞は僕の呼び声を聞くと、鳴き声をあげて、木の幹のまわりを歩き出した。傷だらけの体から絶えず血が吹き出し、木の幹は血の飛沫で真っ赤に染まった。老妞は木の幹のまわりを回り続け、そこを離れようとしなかった。足はふらつき、ホタルも周囲にとどまったまま、老妞を保護しているように見えた。僕は知っていた。老妞は僕を憎んでいる、僕が戦わせたことを憎んでいるから、僕の声を聞いてさらに怒っているのだ。どっと涙が溢れた。どれだけ悩み後悔しようと老妞をもとの元気な体に戻すことはできない。

「火金姑《ほたる》、止まりなさい！」祖母が叫んでいた。

老妞にとって最初の母語である閩南語の呼びかけで、老妞は木のまわりを回るのをやめて、木に体を寄せて喘いだ。祖母が少女のように、軽やかに歩いて行った。彼女が近づけば近づくほど、ホタルがつくった光の膜がおされて抵抗のカーブを描き、「ぽっ」という音がして祖母が光の中に入った。明るかったおかげで、僕たちは祖母が次に何をしたのか見ることができた。彼女は腕の数珠を外して、牛の角に掛けた。そのあと、上着を脱いで、老妞の体に掛け、さらにもう一枚服を脱いで、老妞の下半身を覆った。

祖母は自分の上半身を覆い隠す服がなくなり、皺《しわ》のよった皮膚と、ゆるんでへそに届きそうな垂れた乳房——これは家族を養った偉大な功労者のしるしだった——が丸見えになった。祖母がこうしたのは、自分が一生涯積んできた功徳を老妞とわかちあうためで、老妞を家族と見なしていた。

最後に、祖母は牛の鼻輪を外して言った。「火金姑《ほたる》、生まれ変わったら、来世はきっといい家の子どもになるからね」

老妞は微笑んで、目を閉じて眠りにつき、菩薩のところへ修行に旅立った。光も全部一つになって浮かびあがった。それは老妞が飛んだのではなく、まわりを取り囲んでいたホタルが突然舞いあがり、茄苳樹《あかぎ》の頂上へ飛んで行ったのだ。静かで、美しく、くらべようもない明るさ。頭をあげて見ると、光点が天に向かって拡散し、まるで満天の星のもとへ帰って行くようだった。その夜、星は透き通るような白い光を放ち、しきりに瞬きをして笑っていた。銀河さえもまるく弧を描いて口元に微笑みを浮かべていた。

洗面器に素麺を盛る（第二話）

老妞《ラオニュ》の物語が終わったが、ほかに続けて話す人がいない。それなら、僕が祖父と祖母の物語を話して、もう一度座を温めることにしよう。亡くなったのは物語を聞くのが大好きだった僕の祖母で、僕は彼女の孫だ。こんな紹介をするのは、たった今葬儀場に弔問に訪れたよその土地の人に僕たちの関係を知ってもらうためだ。

誰もが知っているように、僕の祖父には天下に鳴り響くあだ名があり、「洗面器おじさん」と呼ばれていた。この名前がついた原因は、もちろん洗面器と関係がある。その洗面器は小振りの、錫《すず》製のもので、どこも小さな凸凹だらけ、砂利で擦った痕が大小さまざまついていて、ずっと祖父母のベッドの頭のところに掛かっていた。祖母はいつもそれを持って撫でていた。きれいに拭いているのではなくて、祖父を偲んでいたのだ。今、祖母が他界し、洗面器は永眠する彼女のそばに、この葬儀場に置かれている。ご覧のように、僕がこの洗面器を手に取って、洗面器の腹を指ではじくと、ほら、とても澄んだ音がして、耳に心地いいでしょう。

実際には、祖母がたたく音にくらべると、僕のはずっと稚拙だ。確かに、十数年来、彼女はベッドに入る前に頭のところに掛けている洗面器を手でちょっとたたき、朝起きたあとも、やはりちょっとたたいていた。こうするのは死んだ夫、つまり僕の祖父に挨拶をしているに決まっていた。いわば、この洗面器は〝電話機〟で、祖母は生前、しばしば祖父に電話をかけていたのだと思う。

祖父にどうして「洗面器おじさん」というあだ名がついたのか、これからお話ししよう。祖父は十八歳で「入宮《ルーゴン》」した。客家《はっか》語では「入宮」は宮廟〔道教や仏教の寺廟〕の主神の信徒になることをいう。村で最大の廟《びょう》は恩主公〔関聖帝君〕廟だった。祖父は入宮してその「義理の息子」になった。このとき、祖父は普段あまり気に留めないことが気になってきた。「恩主公の顔はなぜ紅い？」ということばかり考えてしまい、彼にとってこの問題は、一本の川にいくつカーブがあるのか、あるいは、雲の中に雨が何滴隠されているのかという問題と同じくらい悩ましいものだった。

民間の言い方に従えば、恩主公は「正統派」だから紅い顔に描かれている〔京劇の隈取では、紅は義侠心、白は陰険狡猾、黒は無鉄砲で率直を表す〕と言われているが、これで祖父を納得させることはできなかった。もし、恩主公が副神の媽祖に気があって、片思いをしているので顔を紅くしているのだとしたら、この解釈は神様に対して大いに不敬である。もし、恩主公がタオルで顔を強く擦ったか、あるいは盗み食いをして食べ物が喉《のど》につかえているのだとしたら、これまた滑稽である。

もうやめておこう、考え過ぎて祖父の頭が割れそうになったとき、いい香りがしてきた。このうまそうな香りは濃くてむせるようで、彼の鼻はそれに引っ張られて走り出した。廟の敷地の中を何周かして、最後に左側の棟の台所に潜りこんだとき、彼は驚くべき光景を目にした。

台所には煙が立ちこめ、料理をつくる蒸気に、薪を燃やす濃煙も加わって、暑くて湿気があった。しかし、一人の女の子が平気な顔をして、一方で、なんと洗面器でビーフンを炒め、もう一方で鶏酒〔鶏肉を紅棗《べになつめ》、クコの実、当帰《とうき》などの漢方薬と共に米酒で煮たもの〕をつくっていた。その少女はどんな様子だったか？　藍色《あいいろ》の手織り木綿のブラウスを着て、黒い長ズボンをはいていたが、裸足だった。顔の飾りと言えば薪の灰と汗と忙しそうな表情が付いているだけで、これ以上の普通はないというくらい普通だった。しかし祖父の胸には、「観世音菩薩さまが下界に降りて、台所で衆生のために食事をつくってくださっている。洗面器でおかずを炒めるとは、実にすばらしい」という賛美がわきおこった。彼は油煙が白熱化した戦場のような状況の中でも、人を美しく語ることができた。のちのみんなの見解によれば、祖父は不思議なものを見たのではなく、恋が芽生えたのだった。

その後、祖父と祖母は結婚した。子どもも過不足なく生まれたが、奇妙だったのは、祖父が家を出るとき、背中にいつも洗面器を背負っていたことだ。遠くから見ると、二十数歳の祖父は猫背の老人のようで、村の中を行ったり来たりしていた。もしなぜ洗面器を背負っているのかと問われれば、彼は頭をかしげて、ゆっくりとこう言った。「洗面器は世界で一番だ、おれは〝彼女〟を一目で気に入った」

しかし、ある事が祖父を困らせていた。それは祖母がおしゃべりだったことで、くどいと言ったほうがよかった。祖母は物語を聞きに行くのが好きで、戻ってくると聞いた話をもう一遍繰り返すのだ。あるとき、祖父が野良仕事を急いで片づけて、頭を枕につけ鼾《いびき》をかこうとしたとき、祖母は無理やり彼を夢の中から呼び覚まし、その日聞いたり、見たり、思いついたりした物語を話し始めた。

「お前はどうしてこんなに話すのが好きなんだ、みんながお前のことを〝素麺〟と呼ぶはずだ」。祖父は言った。

祖母は小さいころから「舌の多動性児」に属し、かつて犬を卒倒するまでののしり、猫が吐くまでしゃべり、口を開いたとたん廟の縁日に集まってきた人々を散会させた記録の保持者だった！

「私は素麵、あんたは一生私の話をちゃんと聞いてくださいね」。祖母は不機嫌そうに言った。

祖父は自分の人生は終わった、しゃべり殺されてしまうと不平をこぼした。そのうえ、祖母の禁令は「もしベッドの上で聞きながら先に眠ってしまったら、覚悟してなさいよ」だった。そこで夜になると、一人は話し続けて眠れず、もう一人は聞き続けてよく眠れなかった。あるとき、祖父はうとうとし始め、眠りに入る直前まで持ちこたえてから、はっとして目を覚ました。幸い祖母もぐっすり眠っているのを発見したが、しかし口から出ていた寝言は目を覚ましているときのおしゃべりの口調にそっくりだった。

翌日、祖父は慌てて廟の中の恩主公に伺いを立てた。これはいったいどんな縁組みなんでしょうか？　彼は線香をあげ、慣例通り筊《ポエ》を投げて神様の承諾を得て、おみくじ箱から良くも悪くもない詩の書かれた籤《くじ》を引きあてた。あいにく廟の管理人が不在で解釈をしてくれる人がおらず、そこで広場に行って、ちょうど遠方からやってきて店を広げていた占い師に尋ねた。

占い師は小さな木のテーブルを置き、その上に赤い布をかけて、命書〔生年月日と誕生時刻を八文字の漢字に置き換えて占う八字算命学の書物〕と砂盤〔占いの砂文字を書く器〕を並べ、自分は冷たい地面に胡坐《あぐら》をかいて座っていた。片方の目は失明していて、もう一方の目で籤の詩を読んだ。何回か読むと、ゆっくりと詩を口ずさみ、結論を出した。「この意味は、『洗面器に素麺を盛る』、またとない組み合わせじゃ」

祖父はちょっとぽかんとしたが、すぐに大笑いした。この笑いには道理があった。廟の縁日のときの大鍋の料理で、炒めたビーフンや素麺が何に盛られて参拝客に供されているか見たことがある人なら、意味がすぐにわかるはずだ。

そのあと、祖父は運勢を占ってもらい、占い師といろいろ話をした。時にはうなずき、時には微笑んで、そこを離れる際に、彼はまた一つ質問した。「ちょっと占ってみてくれ、何歳まで生きられるだろうか？」

「七十五、十分じゃ」。占い師は祖父の額をなでて、結論を出した。

家に帰ったあと、祖父は運勢占いの結果を祖母に告げたが、「洗面器に素麺を盛る」話は心に留めておいた。それから数日間、祖母は眠る前に祖父にもう一度話すように命じた。なぜなら心底話を聞くのが好きだったからだ。祖父は昼間は働き、夜は繰り返し自分の口を酷使しなければならなかったので、いったい前世でどんな腐れ縁があったのだろうと思った。その後、頭がぼうっとしてきた際に、何日も断固として洩《も》らさなかった「洗面器に素麺を盛る」話を、つい口を滑らせてしまった。

祖父はびっくりして目を覚まし、祖母も同じだったが、それはどういう意味だとさらに聞いてきた。祖父は機転を利かせて、自分が言ったのは「洗面器に米酒を盛る」だ、と答えた。「なぜかって、恩主公は洗面器に注いだ酒で顔を洗うのを好まれるから、紅い顔をなさっておられるそうだ」。祖母は一言、「嘘おっしゃい」と言うと、横になってすぐに寝てしまった。

その後、祖父はどこの筋〔漢方では人体に四八五本の筋があるとされ、筋肉、血管、靭帯、神経などを指す〕が発達したのか知らないが、「洗面器に米酒を盛る」ことを実践しはじめ、酒鬼《のんだくれ》になってしまった。しばしば洗面器を背負ってあちこちの結婚式場に出かけて行き、それをテーブルの上に置いて、紅露酒〔紅麹と米酒を混合してつくる醸造酒。福建の老紅酒が台湾に伝わったもの〕を注いだ。紅露酒は一本でお椀四杯分の量があり、洗面器に注ぐときに、汚い泡ができた。祖父はこれを形容して「一匹の毛ガニが吐き出した唾《つば》」だと言い、そこでさらに酒を一、二本足して、彼が形容するところの「一群の愉快な毛ガニたちの風呂場」にした。

彼はこの洗面器を両手で持って、テーブルをつぎつぎにあいさつ回りし、酔っぱらってくるころには、宴会も終わりに近づいた。こうして、また洗面器を背負って会場を出るのだが、後ろには祖母が竹の竿を持って見守っていた。「この酒鬼《のんだくれ》ときたら！　いくらも歩かないうちに頭がおかしくなって、頭と足がどこについているのかわからなくなるんだから」。彼は他の場所には倒れずに、よりによって水田に倒れこんでしまうので、溺れ死にはしないかとはらはらさせた。しかし、へべれけになるタイプではなく、倒れこんだあとは、洗面器の上におとなしく寝て、すいすいと水田の中を滑るように流れて行った。

洗面器に乗っている格好はとても優雅で、手と足で外側に向かって水をかくと、しゅっと音がして、稲は腰をまげて道を譲り、水田は皺を寄せて明るいさざ波を浮かべた。遠くから見ると、彼はアヒルにそっくりで、後ろにいる祖母から竹竿で追い立てられるままにされていた。水に乗って家まで帰ると、祖母はやっとほっとため息をつき、自分の夫をまた鬼門から請け出してきたと思うのだった。

祖父は家に到着すると、這って部屋のベッドの下にもぐりこみ、そこで眠ってしまった。ベッドの下にはたくさんの作物、たとえば南瓜《かぼちゃ》や冬瓜《とうがん》が置かれていて、特に冬瓜には硬い毛が生えており、人を刺した。水田から戻ってきた祖父は全身が泥だらけで、硬い毛に刺されても痛がらず、さらに大胆にも冬瓜を抱いて眠り、大きな声で言うのだった。「お前が一番べっぴんの花嫁だよ！」翌日、目が覚めた彼はベッドの下から這い出して、体を前にひょいと曲げると、全身から乾燥した泥がぱらぱらと剝がれ落ちた。そして田んぼに出かけて行き、また次の宴会を心待ちにするのだった。

　このような生活を十数年続けたが、祖母が病気になると、ようやく酒を止めた。

　祖母は四十五歳のときに、胸に竹が刺さり、人に担がれて家に戻ってきた。それはぞっとする不慮の事故で、筍《たけのこ》をとっていて谷に転落し、竹に刺さってしまったのだ。なんてこった！　竹は胸に刺さり、血が噴き出した。気を失った祖母の呼吸は燃えさしのように弱々しかった。祖父は祖母のそばに跪《ひざまづ》いて、血が早く止まるように祈った。しかし思いどおりにならないもので、血は彼女の起伏する胸に合わせていつまでもわきあがってきた。傷の状況を理解した親戚は二つの見解に分かれた。一つは、祖母は家で臨終を迎えるべきだというもの、もう一つは、急ぎ病院に入れる、というものだった。それは民国五十五年〔一九六六年〕の出来事で、病院は村から遠く離れたところにあり、反対に重病人は死の近くにいた。

「わかった、あれこれ言わないでくれ、いますぐ病院に入れる」。祖父はこう言って、たとえ希望がなくても救いたいという覚悟を示した。

この男性の愛情のこもった声が、早くもなく遅くもなく、なんとちょうどこのとき祖母の目を覚まさせた。彼女は胸に竹が刺さっているのを見て、それからどうしたものか考えあぐねている周囲の人たちを見た。ことの次第を理解した彼女は、自分の命が尽きようとしている今、これ以上何をしても役にたたないと思った。彼女は力をふり絞って言い残した。病院で治療はしなくていい、その分のお金は子どもや孫にとっておいて使ってほしい。そのあと彼女は祖父の手をぐっとつかんで、力は強くなかったが、しっかりと彼を押しとどめた。

祖父はその手を振りほどいて医者に連れて行くこともできた。しかし、この世で最も温かくて、最も柔らかな、そして最も愛情のこもったこの手を振りほどいたら、一生後悔するような気がして、思わず握りしめた。このひと握りは、たっぷり三日三晩続き、その間に彼は恩主公に眼前の妻を救けてくれるよう、数えきれないほど祈った。どんなことでもかまいません、代わりに喜んで苦しい目に遭います。

三日目に入ったとき、祖母の病状が好転し、なんとか体を起こすことができるようになった。胸に刺さった、誰も何もしていない竹に至っては、意外にもぽとりと落ちて、傷口は思ったほど悪化しなかった。それからしばらく経つと、祖母はベッドから降りて、軽い仕事ができるようになったが、胸は相変わらず激しく痛んだ。道をちょっと歩いただけで、まるで魂が後ろに落ちて彼女の体に追いつけないかのように、いつも冷や汗をかき、話の途中で喘いでしまって次の言葉が続かなかった。

祖父は、背もたれのある四本足の椅子に手を加え、それに柔らかい座布団を敷いて祖母に座らせ、背負って医者に見せに行った。それから十年もの間、どこかに有名な漢方医や西洋医学の医者がいると聞くと、どこにでも出かけていったが、バスには乗らず、お金を節約して治療費や薬代にあてた。その十年、彼らは家を出て医者に診てもらうために、きまって朝早く出かけ、帰りはいつも満天の星がきらきら輝く頃になった。祖父は自ら祖母の足を洗ってやり、それから二人は床に就いた。

彼らはいくつも山を越え、無数の川を渡った。山の姿は平凡で珍しいところはなく、川の水の音も単調で石ころは水の中で静かにじっとしていた。祖母はその特製の椅子に座り、祖父と背中合わせになって、世界の半分の景色を見ていたが、もう半分の世界は見えないのではなく、ちゃんと見守っている人がいることを彼女は知っていた。彼らは道で出会った野生の果物や、泉の水、大雨が通り過ぎたあとの湿った空気を味わった。二人はお互いにあまり感謝の言葉を言わなかったが、祖母は歌を歌い、祖父は道を歩いてお返しをした。

あるとき、彼らは原住民の部落から帰ってきた。そこの巫女《シャーマン》が「交配中のカタツムリでつくった干し肉」を分けてくれ、「一人一枚、手に握って、家に着いたら燃やして灰にして食べるように」と指示をした。祖父はカタツムリの肉をきつく握りしめていたので、うっかり帰り道の足もとの変化に気づかず、つまずいて転んでしまい、祖母は椅子から転げ落ちて、胸部を樹の根にぶつけてしまった。彼女は息がつけなくなり、胸を押さえて、額に汗をにじませながら、もうすぐ死ぬのだと思い、急いで後事を託した。

祖母は残ったわずかな息を使って言った。「あぁ、あんた、あの年寄りの雌鶏《めんどり》は、毎日裏山の大きな石のあたりに卵を産むから、取りに行くの忘れないでくださいよ」

「わかった、もうしゃべらんほうがいい」

「ねえ、あんた、寝台の足元の隙間に、十元はさんでますからね」。祖母はへそくりのことを口にした。

「もうしゃべらんほうがいい」

「あんた……」

「しゃべるなって」

「話して、物語を聞かせてちょうだい」

こんな時でも、祖母は物語を聞きたがった。しかし、彼女は息を切らして喘ぎ、あまりの痛さに手で目を押さえており、なすすべのない祖父はただ涙を流すばかりで、口から物語など出てくるはずがない。その後、祖母の顔色が真っ青に変わり、目を大きく見開き、呼吸が止まった。

「お願いだ、お願いだから、息をしてくれ……」祖父は祖母の人中《にんちゅう》〔鼻と上唇の間にあるみぞ。人体のつぼの一つ〕を圧し、その痛みで彼女の意識を戻そうとした。「頼むから、目を覚まして、俺と話をしてくれ」

それから、祖父は腹這いになって、祖母に息を吹きこみ、それを何回か続けた。このとき奇妙なことが起こった。祖母が重い咳《せき》を何度かしたかと思うと、血の泡を吐き出し、再び息をし始めたのだ。血の海の中に、檳榔《びんろう》の大きさの肉の塊があった。祖父が肉のかたまりを引き破ると、繊維状の中に竹片がくるまって入っていた。なんと、祖母を十数年も苦しめた胸の痛みは当時肺の中に突き刺さって取り残された竹だったのだ。二人は大泣きをして、抱き合って生き返った喜びを分かちあった。樹林から伝わってくる鳥のさえずりと風の音は祝福に満ち、まったく新しい世界が広がったように思われた。

いわゆるまったく新しい世界とは、祖母の病気が治り、胸の痛みが消え、気力も十分に回復し、十年来しばらく休んでいた喉がまた素麺の技を発揮し始めるということだった。彼女の二つの唇が動き出すのが見えたときにはもう、おしゃべりのために飛ぶ鳥は落ち、花や草は枯れ、人はウンザリした顔になっていた。これに関してはこれ以上の説明は不要だろう。

しかし、事情は少し変わり、祖父が七十歳のときにそれは起こった。

この年、いつも通り廟の行事があり、芝居小屋がかかり、たくさんの軽食を売る行商人がやってきた。真っ黒な人だかりでごった返している道の片隅に、ある占い師が小さな木のテーブルを広げていた。テーブルの上に赤い布を掛け、命書と砂盤を並べ、自分は冷え切った地面に胡坐《あぐら》をかいて座っていたが、商売のほうも冷えきって閑古鳥が鳴いていた。占い師がいるのはめずらしくはなかったが、ひとつだけ、咳が止まらない様子で、口からしきりに音が出ていたので、そばを通りかかった祖父はその音に惹きつけられた。

「以前、運勢を見てくれた人では?」祖父は、あの確固たる口調で、テーブルをたたいて彼が七十五歳まで生きるとずばり予言した占い師を思い出したが、よくよく見てみると、かつてのその人ではないことがわかった。目の前の占い師は、黒眼鏡の縁から見ると、両目とも見えていなかった。祖父は前の占い師が片目だったことをいまだに覚えていた。

それでもいい、祖父は思った、彼に運勢を占ってもらおう、いったい「七十五歳まで生きる」というのは合っているのかどうか?

両目が見えない占い師は、名前も、八字《パーズ》〔生年月日と誕生時刻を八文字の漢字に置き換えたもの〕も、年齢も聞かずに、祖父の手をたぐり寄せると、骨格に沿ってつねったり撫でたりし、さらに足の裏をつかんで、ヒヨコのように弄《もてあそ》んでから、最後にこう言った。「あなたは七十五歳まで生きますよ」

「七十五歳までの命」は二人の占い師が見ても、答えは同じだった。家に帰る道すがら、祖父の頭の中は何千何百の考えが渦巻き、それぞれが違う方向を向いていたので、彼は慌て、混乱し、どの考えが正しいか知りたくなった。その時から、食事の量が半分に減り、眠りが浅く、視線がいつも自分自身でさえよくわからない遠くへ飛んでいくようになった。あるときベッドで眠ろうとして、靴を脱ぎ捨てたとき、ベッドの下の洗面器に当たり、大きな音を立てた。このとき、目が覚めたようにはたと気づき、自分に言った。確かに、人は最後には死を迎える、ならばその時々を楽しむべきだろう。彼は洗面器を手に取り、昔の習慣に戻って、夜になると家を出て酒を飲みに行くようになった。

実際、祖父は三十年近く禁酒をしていた。祖母がけがをして三日三晩意識不明になったとき、祖父は彼女の手を握りしめて、祈った。もし目の前いる妻がよくなったら、彼女が一番嫌っている酒を断ち、彼女のために精一杯元気を出して生きていきますと。これ以降、彼は酒を口にしたことがなかった。しかし、七十歳で禁を破ったあとは、過去に我慢していた分を取り戻すかのように、飲み方がさらにひどくなった。あちこち酒を探しまわり、十分飲んだときは子どものようにうれしそうにしていたが、飲み足りないと子どものように癇癪《かんしゃく》を起こした。酔っ払うと、適当にどこにでも寝てしまい、飲み足りないときは、洗面器に酒を注いで、頭の上に置き、歩きながら飲んでいた。

祖父が素面《しらふ》でいる時間はますます少なくなった。ある夜、親戚や友人のところでとことん飲んで、いざ家に帰ろうとしたとき、門の前に用水路があるのが目に入ったので、洗面器を浮かべて、その中に倒れこんだ。水は鳥がさえずるようにリズミカルに気ままに流れ、最高級のバスに乗った気分で、一夜のうちに五キロ向こうの家の前まで乗せて行ってくれた。彼はずっと声をあげて歌っていたが、いつしか眠ってしまった。

二日目、空はまだ薄ぼんやりとして、世界の輪郭線がとても淡く、すべてが深い霧に覆われて、万物は水滴を浮かべていた。祖母は門の前の用水路まで歩いて行って、茂った茎や葉で周囲が壁画のようになっている曲がり角で祖父を発見した。水の流れは深く静かで、洗面器は石の壁に軽く当たって、かちんかちんと音を立てていた。

「まったく啞伢仔《ややこ》のようだわ！　これから目が覚めるのか、それとも死んじまうのかわかったもんじゃない」。祖母はぶつぶつ言っていたが、ほんとうは心配でしょうがなかった。

まさに祖母が心配していた通り、祖父が七十五歳までしか生きられないというのは、占い師の決まり文句だった。どの占い師の言葉もおそらくみんな「七十五歳までの命」だったのかもしれない。そうなるかどうかは、個人がこれを信じるかどうかによっている。しかし、祖父はその決まり文句の中に頭を突っこんで、自分から少しずつ綱を引き寄せていた。彼は信じ、自分にも呪いをかけて、自分以外、誰もそれを解くことはできなかった。

祖父が七十四歳半になったとき、飲み過ぎて体を壊してしまった。このときになってようやく量を控えなければならないと意識し始めたが、体が壊れていくのを止めることはできず、アルコール性肝硬変を患ってしまった。腹にたまった腹水は田んぼでつかまえてきたばかりのトノサマガエルのようにふくらみ、終日ベッドに横になって日々を過ごした。占い師が言うように七十五歳まで生きられまい、という思いがさらに強まり、そのために意気消沈して、性格がさらに片意地で頑固になった。

祖父は半年間寝たきりになり、いよいよ臨終のときが来たと思って、目を閉じ、死神を待った。このとき、祖母が彼の手を握り、口を耳元に近づけた。その時から、彼女は彼に向かって心中の物語と気持ちをすべて語り始め、その時から、一分一秒に最大の真心をこめて話し始めたが、一言も重複せず、一つとして同じ物語はなかった。昼間から夜まで語り、夜のとばりが降りると早朝まで語り続け、これを絶え間なく繰り返した。身内の者がかたわらに立って、水や食事を出しても断られ、そこで、みんなも祖母のそばで付き添った。

ずいぶん長い時間が経過し、祖父は徐々に衰弱していったが、これは反対に祖母がますます話し続ける励ましになった。しかし、祖母が一生のうちで最も重要な言葉を思い切って口にしたとき、彼女は夢の中である風景を目にした。それは稲穂が黄金に輝く田んぼで、そこには強烈な光が降り注ぎ、すべての輪郭が細く瘦せて見えた。その中でただ祖父の輪郭だけが相変わらず鋼鉄の強さを帯びていて、重い竹の籠を担いでいた。天秤棒が足の動きに合わせて曲線を描いてとび跳ね、広々とした地の果てに向かって歩いていた。どこに行くのだろう？　祖母は焦って、彼を呼び止めた。祖父が振り返ると、顔には苦しみの痕はなく、笑顔だけがあった。まるで若いときにご飯をかきこみ、唾を飲みこんで楽しそうに野良仕事に出かけて行った頃のように。

「さあ、おいで！」光と影の中で、祖父が手を伸ばして祖母の手を握ろうとした。

祖母は近寄って行った。しかし黄金の光の中で、ぬかるみに足をとられ、どの一歩も自分の信念と体力との戦いになった。ついに、彼女は祖父の手に届いた。とても温かだった。それから、祖父は彼女をぬかるみから引っ張りあげてくれたが、力がとても強かったので、彼女は祖父の胸の中に倒れこむような形になった。

ちょうどこのとき祖母の目が覚め、一瞬の夢だったことに気づいた。夢が覚めたあと、きつく握りしめていた彼女の手が緩み、祖父が他界した。一族の者はみな知っていた。祖母が一生のうちで一番重要な言葉を口にしたとき、彼女は眠ってしまったことを。祖父はその間にこっそり離れて行き、そのうえ彼女にいい夢を見させた。手をつないでいても手を放しても、愛の勇気に満ちていた。

しかし、真の力は、祖母が飲まず食わずで、大小便もズボンの中にして、長く跪《ひざまず》いたために膝の関節は硬くなってしまったが、「素麵」の力で七日七晩話し続けたことにあった。いよいよ最期のとき、彼女はこの上ない気迫と愛情で、祖父を七十六歳の誕生日まで長生きさせ、手ごわいあの呪文を打ち破ったのだった。

鹿を殺す

鉄道の駅は町の心臓であり、どこの町でもそこから中正路や中山路という名前のついた二本の大動脈が通っている。もしもう一本多ければ、それは中華路という名前のはずだ。これらの大通りから遠く離れるほど、町の賑わいは少なくなる。だが、町を通り抜ける川には、軽々しく中山河や中正河、中華河といった名前がつけられたことはない。川は、これまでずっとひっそりと、政治に縛られることのない水の流れとやさしさを保って、どこから来てどこへ流れて行こうと常に活気と活力をもたらしてきた。

玉川は、花蓮《ホアリエン》の玉里町を通り抜ける渓流で、わずかに玉川小学校をかすめて流れている。ここ数日、この小さな町にやってきたゴアッハと樵《きこり》のパッシルは、夕方になると玉川にかかる中華橋へ行って「玉里麵《ユイリーミエン》」を食べていた。特製のスープを売りにしている屋台の店主が、ダシを取り終えた真っ白い豚足の骨を屋台車にぶら下げていたので、それがそよ風に身を任せてゆらゆら揺れていた。ゴアッハは橋に寄りかかって食べていたが、パッシルはどんぶりを両手で抱えて橋のたもとで食べていた。ゴアッハはさきほどからずっと敵意のこもった視線を感じるので、靴を横にずらしてみると、橋板の隙間から飢えた夜光鳥《ごいさぎ》が下方で待ち構えているのが目に入った。

夜光鳥が習性のように待ち構えているのには目的があった。まもなく三人の男がやってきた。二人の漢人と彫りの深い目をした原住民が一人、漢人の一人は熊の毛皮を身にまとい吼《ほ》える真似をしては人の流れを呼びこんでいた。センザンコウ〔アルマジロに似た哺乳類の一種。角質の鱗に覆われており、鱗は漢方薬として珍重される〕、キョン、ムササビ、水鹿《サンバー》など山の獲物を売りつけるためだ。まん丸に体を縮めたセンザンコウが網の中から黒い目をのぞかせ、鉄線の籠に押し込められた七匹のムササビとハクビシンはどれも骨を折られたり目を潰されたりして血を流し、竹鶏《てっけい》〔タイワンコジュケイ〕は生きたまま橋の欄干にさかさまに吊るされていた。子どもたちは足で力いっぱい木の橋を踏み鳴らして、センザンコウが悪夢でも見ているかのように必死にもがくのを面白がって眺め、女たちは隙を見て鱗をはぎ取って耳飾りにしようとした。

一人の漢方薬売りがセンザンコウを買った。熊の毛皮男がそれを橋の下に伝えると、川のほとりにいる屠夫〔食肉処理業者〕が鋭い刃物をその小動物の喉《のど》に突き刺した。このすぐあとには、キョンが一匹、生きたまま橋の上から投げ落とされた。屠夫はまず喉を切って悲しげな鳴き声を止めてから、血を抜き、胸を切り開いた。取り出した内臓から湯気があがり、不要な腸や糞、肺などの臓器は川に投げ捨てられた。夜光鳥が飛びかかって行ってひったくるようにして食べ、さらに下流では渓流の魚たちが群がって食べていた。子どもたちが橋の欄干から身を乗り出して下を見ると、さかさまに映った自分の顔が、まるで京劇の隈取りのように、白雲と真紅で彩られているのが見えた。

それは七〇年代のことで、たとえ道端でアカゲザルを殺して楽しんでいる者がいても、あるいは人々の面前でトラを殺して薬材として売ったりしても違法ではなかった。しかし、パッシルは動物の悲しい鳴き声を聞くとどうしたらいいかわからなくなり、少し怒りも混じって、箸が止まった麵のスープがどんぶりの縁にうっすらと白い油の膜をつくった。彼は連れてきた黄色の毛をした犬のくつわを外して、犬にそれを食べさせた。そしてポケットの中からありったけのお金、十八元三角を取り出して、熊の毛皮男に見せ、牝の水鹿を買う気があることを示した。牝鹿は子を宿しており、荒縄で橋の欄干につながれていた。産道がかすかに開き、いらいら落ち着かない足音が橋の上でとんとんと響いていた。

煙草を吸っていた熊の毛皮男がその水鹿に煙をふっと吹きかけて、「その金じゃあ腹の中の子の分しかない、百元出せるなら、親に子をつけて売ってやるぜ、おまけに雞胲鳥仔《ギグアイデアウェ》もつけてやるぞ」。

その鳥は捕獲されたときに死んでしまった台湾藍鵲《ランチュエ》〔日本名はヤマムスメ。カラス科の鳥で、胴体が鮮やかな青色、長さ四〇センチに達する尾羽は最長の二本が青色、残る尾羽が黒色で、尾先が白色。台湾の国鳥〕で、麻袋に入れて運ぶ際につやつやした青い尾羽も折れていた。

「四〇元、これでどう？」

ゴアッハが麵を大急ぎでかきこんで駆けつけてきて、買い値を言った。彼女はわかっていた、この旅館代を使って交渉が成立すれば、今晩また野宿しなければならなくなる。でもそれはとても甘美な眠りになるだろうと。

「ほら、鹿の首のところ、ぐるっと皮がむけているじゃない、見かけが悪いわ、四十五、これでいいでしょ」

「見かけが悪いだって？　美人コンテストやるわけじゃあるまいし」

熊の毛皮男が上着をまくり上げて、腹の上についた二〇センチほどのムカデ状の傷跡を見せた。ワニが鋭い歯をむき出したようだ。彼は冗談めかして言った。

「熊のサインってとこだ。腹に腸を押し戻しながら、山を駆け下りて助けを求めたんだぞ。家にはまだその腸の一部が乾いて残っているが、熊のほうは一年後に今着ているマントになったってわけだ」

「でも鹿に追いかけられて尻を突かれなくてよかったじゃない、四十八元、これで決まりね」

「家にはオスの水鹿の皮が一枚あってな、角《つの》もついてるしろものだ。俺がそいつをかぶると、山じゅうの発情したメスの水鹿どもがやってきて、俺の尻を頭に載せて二〇キロ向こうの大分山区からここまで走ってくることもできるんだ」

「そうだったの、この牝鹿はあんたの種を孕《はら》んでるのね、五〇元、これが相場だわ」

みんなが笑い、たった今下山したばかりの登山隊も笑った。登山隊は九十八キロ離れた阿里山森林鉄道の終点である哆哆咖《トトカ》〔現在の塔塔加。阿里山森林鉄道の沼平駅から伸びる支線の哆哆咖線の終点、一九三四年から七八年まで開通〕を出発し、玉山《ユイシャン》〔旧新《にい》高山《たかやま》〕を通り抜けて、日本統治期の理《り》番《ばん》道路〔山間部の原住民を統治するためにつくった道路。「番」は原住民を指し、当時日本では「番」の字を用いた〕に沿って玉里までやってきたのだ。重装備のリュックに魔除け用の台湾粗榧《いぬがや》をぶら下げて、濃い霧が立ちこめるじめじめした森林を歩き通してきたのだった。今、半月のあいだ伸び放題の髭の茂みから、彼らの笑い声と口元がのぞいていた。登山隊の三人の荷担ぎ人夫は東埔《ドンプー》のブヌン族で、背が一番低い年長の男が四〇キロのリュックを担ぎ、慎重な言い回しで注意を与えた。「いちばんすばしっこいムササビ、いちばんずる賢いキョン、いちばん足が速い水鹿、急な坂を走るならキョン、こいつらはみんな銃弾で一発懲らしめてやるべきだ。だがな、もし腹に子どもがいたら、自分の頭を銃身に突っこんだことにして、銃を錆びつかせるしかないだろう」。その言い方は教訓めいておらず、むしろ「おい、口の周りに飯粒がついてるぞ」と教えているような感じだった。動物は商品であり、持ち主に決定権があるから、他人が口出しして仲たがいするまでもない。そこで、人夫は狩猟の歌を口ずさみ、歌の中で、自然から物をもらうにも適当なやり方があることをやんわりと伝えてその場を離れていった。

「七〇元」。一人の老婦が割り込んできて買い値をつけ、ゴアッハの取引の邪魔をした。胞衣《えな》〔胎児を包んでいる卵膜と胎盤〕に包まれた小鹿を生け捕りにして煮こめば、漢方薬として安産に効いた。

老婦は二度流産した嫁のために鹿を買おうとしていたのだ。一匹の小鹿で孫が手に入るのなら、人間にとっては十分に値打ちがあった。

「いいよ、だが母鹿を殺すのは手伝わないからな」。熊の毛皮男が言った、「前に、金をケチって自分でやった奴がいたが、結局その鹿は死ねずにでたらめに走りまわり、血がペンキのようにあちこち飛び散って、あげくに鹿にも逃げられてしまったがね。あと二〇元足せば、きれいさっぱりやってやるよ」

「百元」。ゴアッハが大きな声で叫んだので、みんなが一斉に目を向けた。そんなお金をかき集めるのはしょせん無理に決まっていたが、パッシルがずっと彼女の手を引っ張って合図を送るので、しかたなく先に声を上げてそれから値切ることにしたのだ。「九〇でどう？　あんたの手を煩わせないから」

「よし、持ってきな！」

ゴアッハはポケットから五元を取り出し、それから手提げ袋から財布を取り出してみたが、いくらかき集めても三十七元、足りるわけがなかった。彼女は慌てて愛想笑いをして、両手で体をあちこちまさぐり、はては靴の底を上に向けて運よくお金がくっついていないか探したりした。このとき人々の間から小さな驚きの声があがった。パッシルが自転車を押して現れ、鍵のついた大きな箱を開けたのだ。箱の中には伝統的な伐採工具が入っていて、見たことのないほど大きくて変わった形をしたものが、きちんと重ねて並んでいたので、みんなの頭の中に驚きと疑念がうごめいた。ゴアッハのうろたえ方はみんなに引けをとらなかった。箱の中を見たのは初めてだったし、生まれて初めてお金に切羽つまった状況に置かれていたからだ。彼女はあわててあれこれ顔の表情をつくってほのめかし、それからパッシルの反応を見て意味を理解した。彼も引き伸ばし作戦に出ているのだ。

寡黙なパッシルは言葉の発達に障害があり、めったにしゃべることがなかった。ゴアッハが彼にパッシル（Pacilu）とあだ名をつけたのもうなずける。これは邦査（アミ族）の言葉で、花束でよく見かけるパンの木〔果実の表皮は硬く、焼いて中のパンに似た部分を食す〕のことだ。パッシルは無口だったが、優秀な林田山《リンティエンシャン》〔花蓮県鳳林郷にある林業場。日本統治期に東部で最も早く開発が始まった所で、「台湾ヒノキの里」と呼ばれ、八〇年代後半に伐採が禁止されるまで林業で栄えた〕の樵《きこり》だった。彼は横挽《び》きの「マド鋸《のこぎり》」を木箱から取り出した。長さが二メールもあるサメのような鋸だ。この動作は次の工具を取り出すためだった。

「さてみなさん、この鋸がどれだけ大したものか教えてあげるよ！」。騒々しくしゃべっているゴアッハは林場に入ったことはなかったが、適当につくりあげた臨場感は完璧だった。「わたしらが前に98林班地〔森林管理区域〕の第6小班にいたとき、一本の黄檜《たいわんひのき》に出くわした。そんなに大きな代物ではなくて、あぁ、みんなの足元の橋くらいだったかな。正午のお日様が照り出すと、その木陰でゆうに二〇人以上が昼寝できたわ。わたしらはそれをこの鋸で、七日で切り倒したのよ。もし信じられないっていうなら、あとで橋を二つに切って見せてもいいわ」

「今やってみてよ」。子どもが言った。

ゴアッハは首を振って、「もちろん、わたしらは索馬《ソマ》〔日本語「杣《そま》」の音訳、樵のこと〕よ、接骨師じゃないから、切断した橋をまたくっつけられるかどうかは保証しないけどね」

パッシルは箱を開けたことを後悔した。今彼が手にしている縦挽きの大鋸《おが》は、「マド鋸」よりさらにおそろしい形をしており、クジラの下顎《あご》に似ていた。切り倒した巨木をこの鋸で切断してから、それらをまとめて森林鉄道に持って行くのだ。ゴアッハが大法螺《ほら》吹きの手を使って時間を引き伸ばしてくれているのには感謝したが、法螺を吹きすぎて嘘がばれたり、収拾がつかなくなったりするのではと不安になった。

「さてみなさん、この鋸《のこぎり》がどれだけ大したものか教えてやるよ！」

彼女はびくびくしはじめ、前置きが長くなり、つい下を向いてしまった。すると母鹿の黒く輝いている目が見え、インスピレーションがわいてきた。

「前に９５林班地第２小班にいたとき、黄檜《たいわんひのき》に出くわした。その木はとても大きくて、さっき話した木のじいちゃんにあたる木だった！　いや違う、ひいじいちゃんだった、いや、ひいひいじいちゃんにあたるかも。樹齢何年とか言えないくらいのものよ。とにかく、正午に、それに近づいたとたん急に暗くなり、空に一輪の月光が残っていた。わたしらは火を起こしてご飯を炊いたけど、ご飯を食べ終わっても、月がまだ動かない。そこでようやく自分たちが木の大きな洞《うろ》の中に入ってしまったのだと気づいた。太陽の光を木の上にかかっている月の光だと勘違いしたのね。もし木の洞から出て切り倒すなら、大変な時間がかかるから、わたしらは中から、百回ご飯を食べる時間をかけて鋸を挽いて、だいたい一か月かかったかしら、木が倒れるとき、洞から走り出るには時間が足りないので、いっそ腹這いになっているほうが安全だということになった。どかーんと音がして、山が震動し、わたしらは長いこと地面を転がっていた。あぁ、なんてこと、その木が持っていたたくさんの記憶まで揺さぶって壊してしまった」

彼女の話はでたらめもいいところで、そばで聞いている人たちはあきれて口をあんぐり開けたが、なんとますますたくさんの人を惹きつけ、橋の欄干の上に立っていい場所を急ぎ確保する者まで出る始末、屠夫も橋の下から顔をのぞかせて聞いていた。熊の毛皮男がゴアッハに早く金を出せ、店仕舞いだ、とせかした。彼女もさっさと会計を済ませたいという表情をして、毛皮男に言った。「わかってるわ、お金は箱の一番下に入っているから、道具を一つずつ取り出さなきゃならないのよ」。このとき、牛車が一台ちょうど橋にさしかかり、渡ろうとして人ごみに行く手を遮られたので、水牛の癇癪がだんだんひどくなってきた。主人が何度も道をあけてくれと叫んでいたが誰も道を譲らない。彼は牛車の後部に掛けている桶の水を牛にかけてやり、癇癪をしずめにかかった。

パッシルは次に一メートルの長さの螺旋錐《らせんきり》を取り出した。これは、まず大木に穴をあけ、それから穴に沿って鋸で切っていくためのもので、半分切ったところで大木がめりめり音を立てて二つに裂けてしまうのを防ぐことができた。裂けた木は価格も半分に買いたたかれるのだ。ゴアッハはこの道具を何に使うのか知らなかった。だが少なくとも、みんなが彼女の話を待っていることはわかっていた。

「先が平たくなっているこの錐は大したもんよ。前に72林班地第3小班にいたとき道に迷ってしまってね、水源が見つからないので、この錐で樹に穴をあけると、中から水が出てきた、まるで水道の蛇口をひねったみたいに」

「あんたの話は烏魯木斉《おおげさ》だ、木が橋みたいに大きいとか、木の洞が道に迷うほど大きいとか言ってさ」。ある若者が胡散臭そうに言うと、多くの者が同調した。彼らにとって、木はいくら大きくても祠廟の入り口の大きさには及ばず、鋸《のこぎり》もいくら長くてもせいぜいイカ包丁どまりだったので、木の洞に十数人が住む光景などとうてい想像できないのだ。

パッシルがまた箱から斧を取り出した。この斧は少しばかり由緒があり、花蓮の八十三歳の有名な鍛冶職人が鋳こみ、焼きを入れたものだった。斧の柄には樹齢二十年の青剛櫟《あらかし》を使い、山の南側の木で幹がまっすぐに伸びたものの中から、最も弾力性のある十層の年輪部分だけを使っていた。楔留《くさびど》めの木には乾燥して弾力性のある赤皮木《いちいがし》が使われていた。どこから見ても、最高級の斧だ。

疑いの目を向けた青年が、話題が見つかったとばかりに言った。「もう話さなくていい、そいつは俺が知っている、林杯《リンペイ》の班地で大きな木を見かけたが、家くらいでかくて、俺がその斧を一振りすると、真っ二つに割れた」。それからゴアッハに向かって言った。「今度はあんたの番だ、この斧のどこがいいか言ってみな。木を断ち割ることができるのは俺が今話したから、同じことは話せないぞ」

ゴアッハは苦笑した。まるででたらめがばれて、耳を引っ張られて叱られているみたいで、どうしようもないといったふうだった。彼女は言った。「はい、はい、確かにこの斧はごくフツーのものよ、一本の木の棒と一つの鉄のかたまりでできた、別に大したもんじゃないわ。もし今後何かあったら、みなさんにはまたあらためてお話しするわ、歹勢《ごめんなさいね》」

「ほんとに何もないのか?」

「もしあったら、私が言わないわけないでしょう」

「じゃあ俺が話そう。この斧はこんだけ大きくても、鶏やアヒルや鳩も切ることができる、そうだろ?」

「そうだ」。何人かが大きな声で同調した。

「それにクイナでも、蟻《アリ》でも、子ネズミでも切れる、そうだろ?」

「そうだ」

一人の老人が人ごみの中から出てきて口を挟んだ。「お前こそいい加減なこと言うでない。わしが蟻を一匹つかまえてくるから、お前、斧で切ってみろ。でたらめ言うにも才《さい》調《のう》ってもんがいるんじゃ。それがないなら黙って人の話を聞いておれ」

「他の者がでたらめ言ったら宝物扱いして、俺がちょっと余計なこと言うと飯桶《のうなし》になるのか」。若者は不服そうに言った。

老人が言った。「若い頃のわしも鉄歯《がんこ》で人の言うことを信じなんだ。だがあるとき、母親が奇妙な病気にかかり、こう教えてくれる者がいた。漢方の民間処方に新鮮な喜諾気《シノキ》（黄檜）の木屑を枕にして寝るのがある、試してみてはどうかと。そこでわしは遠縁の者が伐採している木瓜山林場《ムーグアシャン》へ分けてもらいに行った。森林鉄道に乗り、流籠《ロープウェイ》で山を渡っていると、遠方からこめかみのつぼを圧迫するような奇妙な音が聞こえてきた。霧の中を荒涼とした山道に沿って音の源を探って行くと、電気鋸と吊索《つりさく》で狂ったように伐採しているのが目に入った。木瓜《パパイヤ》という名前のついた山だったが木瓜はどこにもなく、そこは大木が密集した林で、切り倒された大木は大地がとどろくような振動を引き起こし、さらに霧の流れをかき乱して、空気中にひゅーひゅーと死のため息が満ちていた。これがまさに奇妙な音の源だった。嘘を言っているのではないぞ、その中に夠夭寿《まっこと》大きくて高い木があったんじゃ……」。老人はもったいぶって話を途中でやめて、何か考え事をするように橋から空の果てに視線を移した。

みんなは老人の視線に合わせて空に目をやりながら、頭の中で壮大な森林を想像し、息を詰めて老人が一本の大木をどう形容するか待った。

「阿娘喂《いやはや》！　あの巨大な木は、まるでアームストロングの乗ったロケットが噴き出す火と煙のようでなあ……」

橋の上の四〇人あまりの人々は木瓜山の神木を想像し、目は天に上り、宇宙に入って、自分たちの体がアメリカ・フロリダ州東海岸のケネディ宇宙センターにいるのを想像した。スペースシャトルが搭載しているサターンV型ロケットが打ちあげられると、一筋の煙が凝固して、童話の中でジャックが植えた豆の木のように、あっという間に巨大な木に成長した。

「あぁ!」

四〇人あまりの人々は嘆息して、「なんて大きな木だろう」と言った。

彼らが頭をあげて大いに感心しているその光景は壮観だったので、さらに多くの通行人が足を止めて何もない空を見やった。

さきほどの牛車の主人は、長いあいだ人ごみの中で行く手を阻まれて我慢できなくなり、みんなが邪気に当たったように目を吊りあげて空を見ているのも気に入らず、牛を叱りつけ、人の隙間に割りこんで通り抜けようとした。突然、パッシルが飼っている犬が水牛に向かって激しく吼え出し、いまにも飛びかかって噛みつきそうになった。水牛は驚いて身を隠し、蹄《ひづめ》が橋の板を蹴る音が大きく響いて、母鹿のほうへ体を摺り寄せた。

群衆も逃げ始め、悲鳴をあげながら牛の気性の荒さを罵った。パッシルはまずいと思った。犬が怒り出したので、身をかがめてそれを押さえようとしたとき、ひゅーと一筋の黄色い影が水牛めがけて銃弾のように飛び出し、その結果、橋の欄干にくくりつけられていた縄に首を引っかけて空中で止まると、どしんと地面に落ちた。するとこれに驚いた水牛が跳ね回って、水鹿を橋の欄干の隙間から突き落とし、鹿は縄で空中に宙づりにされてしまった。

熊の毛皮男がぴんと張った縄をつかんで五〇キロはある水鹿を引きあげにかかった。首をつって死んだ鹿は値引きされる。橋の下の屠夫が川の中に立って押しあげていたが、もがき苦しんでいる母鹿に歯を蹴られ、その場で痛そうに口を押さえた。一番苦しいのはぶら下がっている母鹿で、体は絞首刑を受けながら、内臓の下垂によって胎児が産道を押し広げていた。熊の毛皮男はついに観念した。自分には母鹿を引きあげることも、欄干の縄の硬い結び目をほどくこともできず、母鹿は首をくくって死んでしまう運命にあることを。

パッシルは母鹿が眼前でみすみす死んでいくのを見ていることがどうしてもできなくて、思いっきり斧で縄の結び目を切った。水鹿は墜落して、屠夫に体当たりしてから川に落ち、大きな腹を抱えて何度かもがいたあと、水流に乗って橋の下を流されていった。欄干のそばに立っていた群衆はこちら側からもう一方の側へ移動し、呆然と口を開けて、水鹿がどんどん遠くへ流されていき、同時に死にますます近づいていくのを眺めていた。

突然、一匹の犬が群衆の頭を飛び越えて、八メートル下の川面に落ちた。

そのあと、ぽんと音がして、誰かが群衆の視界の外から臨時番組のように割りこんできた。空気のように身を軽くする軽功といわれる気功の技の実況中継が始まった。足にゲートルを巻き、地下足袋をはいた彼が、袖をひらひらさせながら、七メートル離れた砂州に舞い降りたのだ。

全部で二つの影が飛び出した。

子どもが大声で叫んだ。

「武術《ぶじゅつ》の達人が水鹿の母さんを救けに行ったよ」

「ほぅ！」

群衆が驚きの声をあげた。それは映画のシーンさながらで、さらに立体音響効果がついて臨場感もあった。というのも、その人が飛び降りるとき、気を足に集中させてふんばったので、反動の力で橋が巨大な音をたて、その後がたがたと震動したからだ。一番驚いたのは他でもなくゴアッハだった。飛び出した二つの影は、一つは黄色い毛の犬の影、もう一つは男の影で、どちらもとても馴染みのあるものだった。

パッシルだけが事の顛末《てんまつ》を知っていた。実は彼が、まず犬の前足をしっかりつかみ、穀物袋を投げる格好で高く放り投げたのだ。犬は腹を上向きに回転させ、宙を浮いて移動する軽功の技を披露して、ひと声吼えてから、上手に体を元の位置に戻しながら小川に落ちた。犬は岸に上がると、体の水を振り落とす間もなく、やみくもに全力で突進し、体がぶつかった道中の野薑花《ジンジャー・リリィー》が激しく揺れてばさばさと音を立てた。犬の目標は遠方で水流にのまれ動けなくなっている水鹿だ。猟犬だったので、何が何でも獲物に追いつこうとした。鼻息を荒らげ、力いっぱい体を撥ねあげると、きれいな弧を描いて再び川に落ち、水鹿の首をくわえて岸に引きずりあげてから、懸命に振り回した。

　パッシルが投げた引き延ばし策の「救命浮き輪」――黄色い毛の犬は、獲物を水から引っ張り出してくれたのはよかったが、しかし獲物が嚙み殺される前に駆けつけて止めなければならなかった。橋脚の下の砂州には石と酒瓶の破片がたくさん散らばっており、砂州のいちばん端にきれいな砂地があった。彼はそこまで跳んで行って「アジアの鉄人」楊伝広のオリンピック銀メダルの記録を破った〔台湾台東県出身、アミ族の陸上競技選手で、一九六〇年ローマオリンピックの銀メダリスト〕。「跳べ！　なんとかなる」、こう自分に言い聞かせて、斧を持って橋から飛び降りると、ぽんという音とともに橋が大きく振動する音が聞こえた。誰の目にも、パッシルが軽功を発揮して体を宙に浮かせ、ゆっくり、ふわふわと、一〇メートル先の砂州の端に落ちていくのが見えた。

　この技を子どもたちは橋の欄干を跨《また》いで座って見ていた。「たった一本の梃子《てこ》で体を跳ね上がらせた男」を目撃した感動で、涙がにじみ出てきた目の縁に、その一幕が流れていった。パッシルが欄干を乗り越え、体をかがめて斧を橋に突き立てて、ぐいと力を入れると、木の橋が大きな音を立てた。そのあと、彼が体の向きを変えて斧の柄の上に乗ると、斧の柄が下方へ沈み、腰を曲げた楊伝広が一〇人連続で現れたあと、すくっと体を起こして飛んでいった。斧の柄は台湾熊蟬《くまぜみ》の尻のようにぶんぶん音を立てて震動し、橋もぶんぶんと共振した。子どもたちは、一本の斧がどうやって人を宙に飛びあがらせたかを一生忘れることはないだろう。パッシルは頭がおかしくなったのではなく、自分の道具を信頼しているのがよくわかった。その斧は語り継がれていく伝奇の証拠となるだろうが、ごく普通の斧でさえこんなことができるのならば、まだ舞台に登場していない鋸《のこぎり》は絶対に人をあっと言わせるセンセーショナルな出し物になるに違いなかった。

だがパッシルはなんといっても樵《きこり》であって、跳び箱の名手ではない。彼は着地後、二回転して、川に落ちた。すぐに起きあがって、水の流れの抵抗を受けながら肘《ひじ》で水をかきわけて前進した。あと少しのところまでやってきたとき、彼は犬を見てとても感謝し、その首をさすってやるか褒美に骨を与えてやるかしたいと心から思ったが、しかし事態は急を要していた。半時間かけて獲物を離すよう促すよりも、ひと思いに蹴り飛ばしてしまった。蹴られた犬はごろんと転がってから、急いで体を起こして主人に尻尾を振り、水滴を振り払っていたが、怒った様子はなかった。

ありがたいことに水鹿の首につないでいた縄が、犬に噛まれて緩んでいた。水鹿に外傷はなく、地面に横になって難産の苦しみと虎口を脱したあとの恐怖の余韻の中にいた。しかしそれでもパッシルが近づくと、すぐさま必死に体を起こして逃げ出し、いくらもしないうちにまた横になって休むのだった。パッシルだけで母鹿の子を取り上げるのは不可能で、一人では手に負えなかったので、手招きをして橋の上のゴアッハを呼んだ。

ゴアッハは一匹の犬と一人の人間が宙を飛んで行った場面にまだ頭がぼうっとしていたが、誰かが手招きをしているのを知ってようやく我に返り、川岸の道に沿って走って行った。川岸には半分空中に突き出た高床式の家がたくさん建っており、どう行けばいいのか正しい方角が見つからなかった。一人の男の子が道の真ん中に立って道を塞ぎ、片方の手に碗を持ち、箸を持ったもう一方の手をくるくる回しながら何やら言っている。ゴアッハは、それは飯屋の呼びこみではなく、誘導灯を意味しているにちがいないと思い、男の子の指示どおりに、雑然とした民家を通り抜けた。その民家のテーブルの上には新聞紙を下に敷いた夕食が並んでいたが、お婆さんが一人で丸椅子に座ってゆっくり食べ続けている以外、他の家族は裏庭に集まってゴアッハのために道案内をしてくれた。

裏庭の物干し台で、ゴアッハは彼にもっとも近い位置を見つけた。地面に跪《ひざまず》いているパッシルは全身びしょ濡れで、体をぶるぶる震わせ、髪が野球帽のように頭に張りついていた。彼女は木の梯子《はしご》を下りて、河原に足を踏み入れるとすぐに、筍の皮むき競争のように荒っぽくオーバーコートを脱いで、パッシルをしっかり包み、手に力をこめて抱きしめた。顎が彼の頭にあたった。彼女は思った。「この人は、捕まって岸に上がった魚そっくり、こんなにひどく震えて！」強く抱きしめたまま、彼の最後の震えが彼女の胸の中で止まるまでずっとそうしていた。しばしの静寂のあと、彼女はこの魚からよく知っている香りが出ているのを「感じた」。香りは鼻ではなく、皮膚を通して体の中に浸みこんできた。彼女は思った。この香りをどう形容しようか、まるで躊躇《ためら》っているひと筋の煙が胸元にからみついているようで、もしたとえるとすれば、「夢の香り」だろうか。

彼女はひと筋の夢を抱きしめている気分だったが、すぐに夢から覚めて、とても恥ずかしくなった。パッシルを抱きしめるのが長すぎたし、まずいことにこんなにも多くの人たちの前だった。香りのせいで気が緩んだのではないかと思ったが、ではその香りはどこから来ているのだろう? 答えはすぐに見つかった。ゴアッハに服をかけてもらう前に、パッシルがポケットからヒノキ油を取り出して急いで皮膚に塗っていたのだった。油の膜は防寒になり、また皮膚に浸透すると熱を出して体が温かくなるのだ。

これから先の行動は、あまりの忙しさでゴアッハをてんてこ舞いさせた。パッシルが立ちあがって、ヒノキの香りが隅々まで浸みこんだコートをさほど遠くないところにいる母鹿に向かって投げ、二回目でようやくその頭にかぶせることができた。水鹿は何度かもがいていたが、やがて静かに体をまるくして地面に座り、「夢の香り」の中に深く沈んでいった。パッシルが近づいて、氷菓店の有線テレビで放送している日本の有名なレスラーのアントニオ猪木の得意技、頭と足を交互に絡める卍固《まんじがた》めの格好で、水鹿を抱きかかえ、後ろ足を脇にはさんで、試しに手で鹿の胎児を引っ張り出そうとした。

「手に油を塗れ、右手がいい」。彼は言った。

彼女は意味がわからず、またわかる必要もなく、すぐさま小瓶の中の褐色のヒノキ油を手の平にとった。

「右手を中に突っこめ」。彼はまた言った、それは命令だった。

「胎児が門を開けて出ようとして、敷居につまずいているのよ、私に押し戻せるわけがない」。ゴアッハはどきどきしながらそう思い、右手が産道の入り口の胎児に当たった途端すぐに手をひっこめてしまった。

「中に……入れ……ろ」。彼も焦り、焦ればあせるほど言葉は省略された。いったいどうしたのだろう？　彼のことを知り尽くしているゴアッハが、今はなぜかうろたえて言い訳できないでいる。

「小鹿を押し戻すのではなくて、油を塗った右手を母鹿の肛門に入れるんじゃよ」。一人のお婆さんが高床式の物干し台から声をかけた。

さっき横切らせてもらった家のお婆さんが声の主で、物干し台の柱につかまって立っていた。さっきの小さな男の子が、まだ豆の皮がついたままの箸を振って言った。「婆ちゃんの言うことを聞きな、産婆なんだよ、それに難産の水牛の子を取りあげたこともあるんだ」

この挑戦はハードルがあまりに高かった。ゴアッハは絞めたばかりの鶏やアヒルの腹の中に手を突っこんで内臓をかき出し、さらに足の裏に包丁で切れ目を入れて、鍋でじっくり蒸す料理は得意だった。誰かがこれをやらなければ、食いしん坊が箸を手に持って生きた家畜を追いかけねばならなくなる。だが今は水鹿が相手で、そのうえ母鹿はおとなしく尻を上げて協力してくれそうになかった。これは何かの助産というより、むしろ便秘の治療に似ていた。パッシルが強くうなずいているので、ゴアッハはやるしかなかった。でもとても難しくて、鹿の肛門はまるで目がついているように「親切なちり紙」である彼女から逃げ回った。

「まず一本の指で、次に二本で、何度かぐるぐる回して、それからゆっくりと三本足していき、あんたの手が肛門の中に入ってしまうまでやるのじゃ」。お婆さんがまた言った。

最初は難しかったが、彼女の腕が悪かろうと母鹿が抵抗しようと、次第にスムースにいくようになった。あるいはゴアッハが無害だとわかったのかもしれないが、水鹿はおとなしく従うようになった。肛門の中に入った手が柔らかい膜を隔てて胎児に当ったので、お婆さんの指示どおり、もう一方の手で水鹿の腹を支えながら、水道の蛇口をひねるように回転させると、一瞬のうちに紫色の胞衣《えな》に包まれたものがするっと出てきて、ゴアッハの胸の中に落ちた。彼女はどう世話をしていいかわからず、触ると小さな命が壊れそうでこわかった。

パッシルが母鹿から離れ、頭を覆っていたオーバーコートを取った。母鹿は自分で起きあがり、逃げたりせずに、ゴアッハのそばまで歩いてきて、彼女に抱かれている小鹿の胞衣を引き裂いて食べ始めた。小鹿の目はほんとうに明るく澄んでいて、たった今鬼門からどうやって逃げてきたか目にすることもなく、ただ花蓮の夕焼けの残像が消えて星空に変わり、きらきら輝いているのが見えるだけだった。小鹿が何度かもがくと、あらゆる力がつぎつぎに生まれてきた。痩せた小さな四肢で体を支え、母鹿と一緒に玉川の上流のほうへ歩き出し、やがてみんなの視界から消えていった。夜のとばりが降りてあたりは真っ暗になったが、玉川のやさしい水音まで黒くすることはできなかった。ゴアッハは思った、水鹿の親子は川の最初の一滴を探し当てるにちがいない、水源のあたりなら人に殺されることはないはずだと。

解説

台湾の作家、甘耀明

本書には甘耀明の六つの短篇が収録されており、日本語訳された作品集としてはこれが最初である。甘耀明の代表作は数々の文学賞を受賞して話題を呼んだ長篇小説『殺鬼（鬼殺し）』（二〇〇九年）であり、日本統治期の皇民化運動から戦後の国民党政府下で二・二八事件が勃発するまで、台湾の複雑な歴史に翻弄されながらたくましく生き抜いたタイヤル族の血を引く客家《はっか》の少年とその祖父の物語である。中国のノーベル賞作家の莫言《モーイエン》は『鬼殺し』について、「殺人は容易だが鬼殺しは難しい、これをやってのけたその文才には驚嘆するばかりだ。七〇年代生まれの昔日の青年が、今まばゆいばかりの文学の花を咲かせた」と賛辞を送った。他人の作品の推薦文をあまり書かない莫言がこのような最高の言葉を書いたのは、おそらく、「ポスト郷土文学」と評される甘耀明の作風や得意とするマジック・リアリズムの手法だけでなく、なによりも「語ること」への情熱が莫言自身と相通じるからではないかと思われる。

本短篇集に収録した作品は、甘耀明の代表作となったこの『鬼殺し』の前後に書かれた短篇を集めたもので、甘耀明のストーリーテラーとしての才能あふれる作品ばかりである。

以下、本書収録の作品について、作家の経歴をたどりながら紹介していきたいが、作品の背景として台湾社会の歴史や風習にも少し詳しく触れてみたいと思う。

甘耀明およびその作品について

甘耀明は一九七二年生まれの若手作家で、今やこの世代を代表する作家といってよいだろう。台中の東海大学中国文学科在籍中に創作をはじめ、卒業後は、苗栗の地方新聞の記者をし、小劇場で働くなどいくつも仕事を変えながら小説を書きためていた。十年ほど経った一九九九年に発表した「吊死猫（死んだ猫を吊るす）」が台湾政府主催の唯一の全国レベルの賞である「台湾省文学賞」（現「台湾文学賞」）で短篇小説佳作賞を受賞し、二〇〇一年に「神秘電台（神秘的なラジオ局）」が第一三回中央日報文学賞短篇小説第三位を受賞すると、積極的に投稿を始め、翌二〇〇二年には五作品が次々に文学賞を受賞して（「神秘列車」で寶島文学賞審査員賞、「伯公討妾（伯公、妾を娶る）」で聯合報短篇小説審査員賞、「聖旨嘴（ご神託）」で聯合文学短篇小説推薦賞、「在你的夢裡練習飛翔（あなたの夢の中で飛ぶ練習をする）」で桃園《タオユアン》県文藝創作賞短篇小説第二位、「上関刀夜殺虎姑婆（関刀山に登り夜虎叔母を殺す）」で宗教文学賞中篇小説審査員賞）、二〇〇二年は甘耀明が作家として自覚的な歩みを始める特別な年になった。この時期は彼が自分の創作スタイルを模索し続けた十年でもあり、長い文章修業の期間を経て次第に郷土文学のジャンルに手ごたえを覚えるようになった。

翌二〇〇三年にこれらの作品を収めた初めての短篇集『神秘列車』（寶瓶文化）が刊行された。この本への思いが綴られた「自序」を本書にも収録した。収録作品一一篇のうち六篇が著名な文学賞受賞作という鳴り物入りで刊行された『神秘列車』は、作品ごとに異なるスタイルと多彩な言語表現によって、批評家の李奭学《リシーシュエ》から「千の顔をもつ作家」と称され注目を集めた。題材も、民間伝説や田舎に残る風習から現代政治、都会の男女のすれ違い、家族の絆を描いたものまで多様であり、本書に収録した「神秘列車」と「伯公、妾を娶る」を読みくらべるだけでも、とても同じ作家がほぼ同じ時期に書いたものとは思えない。

このころ甘耀明は王聡威《ワンツォンウェイ》、童偉格《トンウェイガ》、許栄哲《シュロンジャ》、高翊峰《ガオイーフォン》、李志薔《リジチャン》、李崇建《リチョンジエン》、張耀仁《ジャンヤオレン》ら同世代の作家たちと「8P」という作家グループを結成しているが、彼らに何か共通の文学主張があったわけではなく、あるとすれば既成の台湾文学にはない「新しい文学を書く」という決意と文字言語や叙述形式の実験的な挑戦だろう。甘耀明は彼らの中でいち早く短篇集、そして長篇小説を出版してめきめき頭角を現していく。

二〇〇二年、甘耀明は東華大学大学院に進学した。指導教授は著名な作家の郝譽翔《ハオイシャン》である。その修士課程の集大成として二〇〇五年に書き上げたのが中短篇小説集『水鬼學校和失去媽媽的水獺（水鬼学校と母さんをなくしたカワウソ）』であり、童話の要素を取りいれた郷土色豊かな作品で、「中國時報」の年間ベストテン賞を受賞し、「本年度の最もクリエイティブな小説」と高い評価を受けた。またこの年には呉濁流文学賞および九歌賞小説一等賞を受賞した中篇小説「匪神」も発表している。

このように大学院在学中も創作は順調に進んでいるように見えたが、実は新たな挑戦でもある長篇小説の執筆を前に大きな壁にぶつかっていたという。国家文化芸術基金会から二年計画の「長篇創作計画」補助金を得て「神を殺す」という長篇の執筆を開始したのだが、その一部である「鬼王を殺す」を独立した長篇にしようと計画の変更と延長を申し出たものの、途中で何度も筆が止まってしまったのである。構成、ストーリー、文章表現どの部分にも満足がいかず、さらに客家語を主体に書くという試みも断念せざるを得なくなる。そして日本統治期の膨大な歴史資料に目を通しているころ、二〇〇七年に癌を患い治療のため八か月の療養を余儀なくされた。だが幸いにも健康を取り戻し、さらにこの間に小説の構想も熟して、二〇〇八年十月から執筆を再開すると、「作中人物に翼が生えたように後半を一気に書き上げることができた」と語っている。二〇〇九年、足掛け五年に及んだ、四四〇ページ、中国語三〇万字におよぶ長篇『鬼殺し』が完成した。三十七歳の時のことである。

『鬼殺し』は「中國時報」二〇〇九年度年間ベストテン賞を受賞し、『水鬼学校と母さんをなくしたカワウソ』に続く二度目の受賞ということもあって多くの注目を集めた。また翌二〇一〇年には台北国際ブックフェアで小説部門の大賞を受賞し、このときの同時受賞作に、主に四〇年代に活躍し中国語圏で絶大な人気を誇る大作家張愛玲《ジャンアイリン》の『小団円』があったことから、『鬼殺し』は若手作家の快挙として話題になった。ほかに博客來（Books）華文創作最優秀賞などを受賞し、『鬼殺し』を宮崎駿の小説版だとするもの（「聯合文学」）、ガルシア・マルケス『百年の孤独』に通じるとするもの（「聯合報」）など、この年の話題を独占した。

そして『鬼殺し』の余韻がまだ冷めやらない二〇一〇年十二月に、その濃厚でやや興奮気味な筆致をがらりとかえて、夜空に輝く星のような短篇小説集『喪禮上的故事（葬儀でのお話）』を刊行した。家族の死から村の人々の死まで、全十六話からなる死にまつわる物語を通して、郷土の村に生きる人々の厳しい現実と愛情豊かな人間関係を描いている。『葬儀でのお話』は二〇一一年度の「一書一桃園」（桃園県政府文化局主催）および「台中之書」（台中市政府文化局と印刻出版社共催）に選ばれたほか、翌年には大陸の『這世代』シリーズ（人民教育出版社）九冊の一つに選ばれて簡体字版も出版された。九冊のうち台湾の作品は甘耀明の『葬儀でのお話』、紀大偉《ジダーウェイ》『膜』（一九九六年）、郝譽翔『逆旅』（二〇〇〇年）、鍾文音《ジョンウェンイン》『河の左岸にて』（二〇〇三年）の四作であり、出版したばかりの『葬儀でのお話』が選ばれたこと自体、大陸でも『鬼殺し』に続き注目されていることがうかがえる。その帯には「新郷土文学」の代表作家と紹介されており、「春のような死」というタイトルの書評では、甘耀明は「忘れられて久しい物語の伝統を復活させ、かつ自身の卓越した文才と豊富な想像力によって、名実共に『現代の語りの魔術師』になった」（「名作欣賞」）と評している。本書には、家族の出来事が中心となるプロローグおよび最初の二話を収録した。

甘耀明は静宜大学の客員講師・客員作家を経て、現在は児童向けの創作教室で教えるかたわら、五年の歳月をかけた四十二万字におよぶ長篇『アミ族の娘（邦査女孩）』（二〇一五年五月）を刊行したばかりである。作品を発表するごとに話題を呼ぶ作家であり新作も期待されるが、本書には、いちはやくその中から、独立した短篇としても読める「殺鹿（鹿を殺す）」を最後の一作として収録した。

多民族多言語の世界

甘耀明の作品の特色の一つに、多言語の使用がある。台北の地下鉄に乗れば車内アナウンスに北京語（標準中国語）、閩南《びんなん》語（台湾語）、客家《はっか》語、そして英語が流れるように、台湾は多言語多民族の社会である。台湾には四つの言語グループがあり、これらに基づいて大きく四つのエスニック・グループに分けられている。

行政院客家委員会が二〇一〇〜一一年に行なった調査によれば閩南語を話すホーロー人（福佬人）が六七・五％、客家語を話す客家人が一三・六％、戦後台湾にやって来た北京語を話す人が七・一％、そして先住民族が一・八％である。表記は閩南語や客家語は漢字を当てるが、標準的な中国語にない発音を表すために新たな漢字をつくり、注音符号で表すこともある。文学の中にこれらの言語を積極的に取りこんでいるのが甘耀明であり、特に客家語を多用するところに特色がある。本書に収録した「伯公、妾を娶る」は北京語、閩南語、客家語を絶妙に使い分けている。翻訳に際しては、当初はそれぞれ字体を変えることも考えたが非常に読みづらくなるので断念し、主なものに注記をつけるにとどめた。本文全体にわたり、訳者による注は〔 〕、原注は（ ）内に記した。

　ところで、客家とは客家語を話す漢民族の一支流で、そのルーツは諸説あるが、元朝のモンゴル族に追われて広東省東北部に集まった漢民族が、その後徐々に居住地域を広げて、広東省・福建省・江西省などに移り住んだと言われている。客家の人々は、山間部に好んで居住することが多く、独特の言語・文化を持っており、その言語は古代の漢語を今に伝えているといわれる。著名な客家人には辛亥革命を起こし中国革命の父と呼ばれる孫文や、中国の改革開放政策を推進した中央軍事委員会主席の鄧小平、前台湾総統の李登輝などがいるが、中国のほかに東南アジアに移住した客家人も多く、シンガポールの初代首相リー・クアンユーやタイのタクシン元首相などがそうで、華僑・華人の三分の一は客家人だと言われている。台湾では北中部の桃園《タオユアン》県、新竹《シンジュウ》県、苗栗《ミャオリー》県などを中心に居住し、福建省を出自とし閩南語を話すホーロー人に次ぐ大きなエスニック・グループを構成している。甘耀明も父が客家人、母がホーロー人で、自身のアイデンティティは客家だと語っている。故郷は台湾の北西、新竹と台中の中間に位置する苗栗県である。六歳で苗栗市に引っ越すまで両親や祖父母と共に過ごした苗栗県獅潭《シータン》郷は先住民族の部落に近接する縦谷《じゅうこく》に形成された客家の山村で、のちに小説の舞台となる架空の町の関牛窩《グァンニュウオー》（「伯公、妾を娶る」、『鬼殺し』）や三寮坑《サンリャオコン》（『葬儀でのお話』の各篇）はこの獅潭郷がモデルになっている。

　一方、台湾ではこうした民族区分のほかに、本省人と外省人という省籍による区分もある。いずれも同じ漢民族であるが、戦後、蔣介石率いる国民党と共に台湾に移住して来た人々は外省人と呼ばれ、使用言語は主に北京語である。一方の本省人は戦前から台湾に住む人々を指し、上述のホーロー人や客家人がこれに入る。本来なら先住民族も本省人に含むべきだが、実際には先住民族は別扱いされている。

このように、台湾は多民族多言語によって成り立っている社会であるが、終戦直後は五十年に及ぶ植民者の言葉だった日本語を駆逐するために北京語を標準的な国語とする言語政策が強力に推進され、それがひと段落すると次には国語の普及の障害になる方言（閩南語と客家語）に対する抑圧が強まっていった。甘耀明自身も、学校で方言を話すと罰せられたため、学校では北京語、家庭では客家語と閩南語を使い分けて育っている。本書の『葬儀でのお話』の二作目「微笑む牛」で、国語をしゃべることができない父親がバスに乗車して切符を買うときに「方言禁止」の木札を見て緊張してしまい大失態をしでかす場面など、実際にもこのような光景はあちこちに見られたにちがいない。こうした政府の政策が功を奏したのか、現在の若者の中には閩南語を聞くことはできてもうまく話せない若者が増えてきており、客家語に至っては、行政院客家委員会が行なった調査によると、客家人のうち十三歳以下で客家語を流暢に話せるのは一一・六％にすぎなかったという報告がある。そのため、九〇年代にはいると客家語を話し客家人の歴史を取り戻そうという「客家運動」がおこり、台湾には世界で唯一の客家語専門テレビ局「客家電視台」も登場している。甘耀明の小説の「死んだ猫を吊るす」「神秘列車」「伯公、妾を娶る」がドラマ化され最初に放映されたのはこの客家テレビからである。また閩南語も政治、メディア、芸術文化など多領域で使用されるようになり、文学の分野では郷土文学の隆盛と相まって閩南語や先住民族の言葉を多用した作品が書かれるようになってきた。

七〇年代生まれの客家人の甘耀明が中国語、客家語、閩南語、さらに先住民族の言葉や今も台湾社会に残っている日本語も組み込んだ作品を生み出していることそれ自体が、今日の台湾の言語状況を反映しており、甘耀明の台湾意識の表明でもある。台湾という郷土に生きる人々の多様な言葉を取り戻すための文学的営為でもあるのである。

収録作品について

神秘列車

政治犯だった祖父が乗ったという神秘列車を探して旅に出た少年を通して、国民党による白色テロで離ればなれになった祖父と祖母の物語が描かれる。台湾は一九四七年二月二十八日に起こった、国民党による本省人弾圧事件（二・二八事件）が象徴するように、一九八七年の戒厳令解除まで政治的活動は厳しい制限を受けていた。本作は祖父から少年へ、歴史記憶の継承というテーマを家族の愛の物語として描いた秀作であるが、同時に、今は廃線となった旧山線への少年の熱い思いが伝わってくる、鉄道ファンならずとも胸が躍る鉄道小説でもある。

「神秘列車」は短篇集のタイトルにもとられているように甘耀明にとって初期の自信作と考えられ、作家の蔡素芬《ツァイスフェン》は「全体の雰囲気を幻想的に描くことで政治的事件の尖鋭性を和らげ、それによって家族の感傷が一層深まり、次の世代へと継承されていく。こうしたますます捉え難くなる感情を、作者は高度に処理された文字で表現しており、実に見事な技量である」と高い評価を与えている。

二〇〇三年、第三回寶島文学賞短篇小説審査員賞を受賞した。

「神秘列車」テレビドラマ化……二〇〇七年十一月二十五日　客家テレビ局放送
二〇〇九年九月六日　公共テレビ局再放送
（写真は行政院客家委員会提供）

伯公、妾を娶る

短篇集『神秘列車』の中で最も議論をよび、『鬼殺し』が出版されるまで甘耀明の代表作とされていたのがこの「伯公、妾を娶る」である。客家語や閩南語を自在に駆使し、民間に伝わる風習や伝説を取りこんだ郷土色豊かな本作は「新郷土小説」「ポスト郷土文学」の代表として今日でもたびたび言及される作品である。土地の神様は客家語で伯公《バッグン》と呼ばれ、人々の最も篤い信仰の対象となっている。漢民族の信仰する神々の中で、伯公は神格の低い神とされるが、客家では伯公を祀る廟がほとんどの村にあり、一坪ほどの小さな祠のようなものから、豪華な装飾が施され広い敷地内に建てられたものまで多様で、伯公の隣には妻の「伯婆《バッポ》」が並べられることもある。本作はその伯公を擬人化して、夜遊びをする伯公を落ちつかせようと大陸から妾を娶る珍騒動を描いたものである。

だがそもそも、村長たちは石の神像である伯公が夜遊びに出かけていることをどうやって知るのだろうか？　著者は物語の最後になってようやく種明かしをするのだが、この禁欲的ともいえる叙述方法で読者を最後までぐいぐい引っ張って行くその筆力は見事である。

伯公が夜遊びしていると「解釈」して「秘密」をつくりあげてしまった張本人は村長であり、それはとりもなおさず彼自身の伯公に対する信仰心の揺らぎを表していよう。それゆえ、村の観光化に伯公を利用して私腹を肥やそうとする劉郷民代表委員を苦々しく思いながらも、結局は手助けをするはめになり、ついには伯公廟の管理主任の座まで奪われてしまう。本作全体に通底音のように流れるのは、グローバル化の波が関牛窩にも押し寄せ、村人の意識や家族関係に大きな変化が生じ始めたことへの村長の戸惑いや焦りであり、甘耀明はそれをコミカルにスピード感ある文章で描いている。

二〇〇二年、第二十四回聯合報短篇小説審査員賞を受賞した。

「伯公討細婆」と改題してテレビドラマ化……二〇〇六年十一月二十二日〜二十三日
客家テレビ局放送
（写真は行政院客家委員会提供）

ここで、台湾の代表的なポエ占いについてすこし紹介すると、表裏が平面と凸面になっている半月型の木片〝ポエ（漢字は筊、杯筊、筊杯など）〟を投げて、願い事の吉凶福禍を神様に問う占いのことで、おみくじを引く前にもその許可を得るためにポエを投げる。「伯公、妾を娶る」では伯公の妾を中国から呼ぶ許可を得るためにポエ占いをやり、村長は息子の中国行きをポエで占って神様の承諾を得てから安心して送り出している。また後述する「洗面器に素麵を盛る」にも祖父がおみくじを引く前にポエ占いをしている。このように日常の大小さまざまな問いかけを神様にするのだが、多神信仰からなる台湾社会では、儒教や仏教、道教などの様々な神像が寺廟に一緒に祀られることが多く、仏教の寺院でもポエ占いをするところもあるという。またポエ占いは家庭でも行なうので、ほとんどの家庭にポエがあるそうで、写真は甘耀明氏の家のものをお借りした。

占い方は、まずポエの平らな面を合わせて、それを包むように合掌し、自分の住所、氏名、生年月日と占いたい内容を「はい」か「いいえ」で答えられる形で質問する。おみくじを引きたい場合も、「〇〇について教えを請いたいので、おみくじを引いてよいか」という聞き方をする。その後、ポエを床に落とし、平面（陽）と凸面（陰）が出たら「聖筊《シンポエ》」と言い、願い事がかなう、質問に関して「同意」、あるいはおみくじを引いてよい、という意味である。二枚とも凸面の場合は「陰筊《インポエ》」と言い、否定・拒否の意味、二枚とも平面の場合は「笑筊《ショポエ》」と言い、不明（判断できない、願い事の意味がわからない）の意である。この場合、やり直しは通常三回までとされるが、他に、深刻な願い事などは「聖筊」が三回連続出なければならないとするものもあり、地域によって決まりが異なるようだ。また、ポエは占いだけでなく、旧正月には廟でポエを投げて「聖筊」の連続数を争う催しも行なわれており、優勝者には数百万円もの多額の賞金や高額の景品などが用意されて、人々の娯楽の場面でも活躍している。

葬儀でのお話

『葬儀でのお話』の中から家族の出来事が中心となる最初の三話を収録した。

①素麺婆ちゃんの映画館（プロローグ）

「僕」の祖母の長寿の秘訣はお話を聞いたり話したりすること。素麺を啜る音のように、話し始めたらいつまでも止まらずうるさいので、素麺婆ちゃんと呼ばれている。本書で「素麺」と訳した中国語の原文は「麵線《ミーソア》」で、麵は日本の素麺とほぼ同じだが、台湾では牡蠣、豚の大腸、野菜などの具と一緒にとろみのついたスープと煮込んで食べることが多い。つるつるという日本の冷麦や煮麺よりも確かに少しうるさい音が出そうなので、本文では麺を啜る音を「ずるずる」と訳しておいた。その素麵婆ちゃんは、お話を聞いて病気を治したほどの大のお話好きで、自分の葬儀のときには、あとに残された者の気が済むのなら台湾の風習でもある派手で賑やかなお葬式もいいけれど、いちばんうれしいのはみんなにそれぞれ一つずつお話をしてもらうこと、人が生きれば、必ずそこに物語があるはずだから、と言っていた。そして祖母が亡くなった今、「僕」がその後を継いでお話をするようになった。

②微笑む牛（第一話）

母の葬儀のときに、「僕」は母が大好きだった「微笑む牛」の話を始める。父が買ってきた牛は耕作もできない老いぼれ牛。だが「老妞《ラオニュ》」とあだ名をつけられたその牛は優しい微笑みを浮かべる牛だった。「僕」の軽率な対抗心から闘牛で老妞を死なせてしまうが、祖母の温かいいたわりとホタルの群れに囲まれて老妞は美しい死を迎えることができた。「僕」は老妞の微笑みが満天の星にそっくりであることを後になってようやく気づくのだった。

③洗面器に素麵を盛る（第二話）

祖母の葬儀のときに、「僕」は祖母と祖父の馴れ初めから語り始める。なぜか洗面器をいつも背負って野良仕事に出ていた祖父は洗面器おじさんというあだ名がついていた。占いによるとお話好きの素麵婆ちゃんとは好一対と出たが、寿命は七十五歳までと言われる。この予言にがんじがらめにされ、やがて死期を迎えた祖父のために祖母はお話を七昼夜し続けて祖父を七十六歳まで生かし、手ごわい呪文を打ち破る。祖母が夢の中で楽しくお話をしている間に、祖父は手をそっと離して他界したが、手を握るのも離すのも「愛の勇気」に満ちていた。

鹿を殺す

甘耀明が今年の五月二十日に刊行したばかりの長篇『アミ族の娘（邦査女孩）』の一部にあたり、最初に聯合報副刊（電子版、二〇一三年七月十四日、十五日）に掲載された、独立した短篇小説としても読める作品である。

山や森林は、日本では心の故郷とされ、日本人の自然観や価値観などが育まれてきた所だと言われることが多い。だが、山の奥深くに神様が住んでいるとされる日本とは違い、台湾ではそこは先住民族の住む場所だった。甘耀明はある記者から近作について尋ねられたとき、「台湾は七割が山なのに、かつては山に入ることを禁じられ、平地でしか生活できなかったために、山に関して私たちはあまりにも知らなすぎる」と答え、台湾の森林文化について若い先住民族の男女の恋愛を交えて描いているところだ、と語っている。戦後の台湾経済の発展を支えた林業と、その発展の影で生活の変更を余儀なくされた先住民族の人々の生活、そしてそこに息づく森林文化を描くことで失語状態に置かれてきた彼らの記憶を再構築しようとしているかに見える。

以下、台湾の先住民族（台湾では「原住民族」と呼ばれる）と林業についてすこし補足すれば、台湾には現在、アミ、パイワン、タイヤルなど政府から公式に認定された十六の先住民族がいる（さらに現在申請中のものが数集団ある）。日本統治期には大きく二つに分けられ、平地に居住し漢化が進む先住民族は平埔《へいほ》族、山地に住む先住民族は高砂《たかさご》族と呼ばれていた。台湾総人口の約二％（約五十四万人）が先住民族で、最も多いのがアミ族（阿美族・パンツァ）の約二〇万人である。「鹿を殺す」のゴアッハとパッシルはこのアミ族の青年で、小説の舞台となっている花蓮《ホアリエン》はアミ族が多く暮らす地域である。

台湾の先住民族は、十七世紀ごろからスペイン、オランダ、清朝など外来勢力に翻弄される歴史を歩み、漢民族の移民の開拓をうけて山岳地帯へ追われ、森林を守ることで生活と安全を確保してきた。

しかし日清戦争後に台湾が日本の植民地になると、森林調査に乗り出した日本人によって、まず台湾最高峰の玉山で、続いて阿里山でヒノキの大森林が発見された。一九一二年、麓の嘉義《ジャーイ》から阿里山森林鉄道が敷設されて植民地政府による正式な伐採が始まり、阿里山はその最初の伐採場となったが、当時は樹齢千年以上のヒノキが三〇万本以上もあったといわれている。

ヒノキの種類は六種あり、台湾にはこのうちコノテガシワ（黄檜）とベニヒ（紅檜）の二種が育ち、タイワンヒノキと総称されている。直径三～四メートル、高さ四〇メートルはあるヒノキの大木は良質なため重宝がられ、船、橋、車、家具など用途はさまざまで、油脂が多いコノテガシワからは香りのよい精油も得られた。戦前、伐採されたヒノキは海を越えて日本に送られ、神社の柱に使われたことから神木とも呼ばれ、戦後も一九七一年に明治神宮の鳥居が落雷に遭ったときには、台湾から樹齢千五百年のコノテガシワが十一本送られたというエピソードもあり、ヒノキをめぐる日本との関係は深い。

大規模なヒノキの伐採は、終戦後は国民党政府に引き継がれて一九八九年まで続けられたが、林業の衰退と民間団体の伐採中止を求める運動により、ついに天然の森林からのヒノキ伐採禁止の命令が出された。しかしこのおよそ百年の間に、かつて二千万本のヒノキが植わっていたとされる南北に続くグリーンベルト地帯は切断され、部分的に林が残るだけになってしまった。中部の秀姑巒《シュウグールアン》山地域のベニヒ林、北部の宜蘭《イーラン》の棲蘭《チーラン》山の一万ヘクタールのコノテガシワの林が、台湾最後の神木の森と言われている。「鹿を殺す」の時代背景は七〇年代であるから、台湾の長い林業の歴史のなかで最後の時期にあたる。作品中には「切り倒された大木は大地がとどろくような振動を引き起こし、さらに霧の流れをかき乱して、空気中にひゅーひゅーと死のため息が満ちていた」と表現されている。

終わりに

本書で使用したテキストおよび原題は以下の通りである。翻訳に際し、一部明らかな誤記と思われる箇所は著者の了解を得て修正を加えた。

神秘列車「神秘列車」　『神秘列車』（寶瓶文化、二〇〇三）所収
伯公、妾を娶る「伯公討妾」　『神秘列車』（寶瓶文化、二〇〇三）所収
素麺婆ちゃんの映画館（プロローグ）「永眠時刻――麵線婆的電影院」　『葬禮上的故事』（寶瓶文化、二〇一〇）所収
微笑む牛（第一話）「第一個故事――微笑老妞」　『葬禮上的故事』（寶瓶文化、二〇一〇）所収
洗面器に素麺を盛る（第二話）「第二個故事――面盆裝麵線」　『葬禮上的故事』（寶瓶文化、二〇一〇）所収
鹿を殺す「殺鹿」　著者より原稿提供。『邦査女孩』（寶瓶文化、二〇一五）の一部

ある人が甘耀明のことを、もし彼がもっと昔に生まれていたら「講談師」か「外郎売《ういろううり》」にもなれただろうと言ったが、かつて同じようなことを言われた中国近代文学の作家に、北京の町をこよなく愛し数々の名作を残した老舎《ラオシャ》という作家がいる。また言葉の魔術師と呼ばれた作家には、湖南省西部の湘西の民俗・風習を織り交ぜながら辺境に生きる人々を美しい文章で描いた沈従文《シエンツォンウェン》という作家がいる。それから半世紀を経た今、台湾に甘耀明が現れ、その系譜を受け継いで、豊かな想像力とすぐれた文才で新しい文学を生み出している。日本で甘耀明の作品が刊行され、それも〈エクス・リブリス〉に収録されることを著者と共に心から喜びたい。

最後に、訳者からの問い合わせにいつも懇切丁寧にお答えくださった甘耀明氏、そして本書の企画から訳文の校正、素敵な表紙のアイデアまで大変お世話になった白水社編集部の杉本貴美代さんに、心より感謝したい。

二〇一五年五月

白水紀子

訳者略歴
白水紀子（しろうず・のりこ）
一九五三年福岡県生まれ
東京大学大学院人文科学研究科（中国文学）修了
横浜国立大学教授
国立台湾大学客員教授、北京日本学研究センター主任教授を歴任
著書『中国女性の二〇世紀』（明石書店）
訳書に、陳雪『橋の上の子ども』（現代企画室）、陳玉慧『女神の島』（人文書院）などがある

〈エクス・リブリス〉
神秘列車

二〇一五年六月一五日 印刷
二〇一五年七月一〇日 発行

著者 甘耀明
訳者 © 白水紀子
発行者 及川直志
印刷所 株式会社 三陽社
発行所 株式会社 白水社

東京都千代田区神田小川町三の二四
電話 営業部〇三（三二九一）七八一一
編集部〇三（三二九一）七八二一
振替 〇〇一九〇・五・三三二二八
郵便番号 一〇一・〇〇五二
http://www.hakusuisha.co.jp
乱丁・落丁本は、送料小社負担にてお取り替えいたします。

誠製本株式会社
ISBN978-4-560-09040-4
Printed in Japan

エクス・リブリス

EXLIBRIS

パトリク・オウジェドニーク　阿部賢一、篠原琢訳

エウロペアナ

二〇世紀史概説

現代チェコ文学を牽引する作家が二〇世紀ヨーロッパ史を大胆に記述。笑いと皮肉のなかで、時代の不条理が巧みに表出される。二〇以上の言語に翻訳された話題作。第一回日本翻訳大賞受賞作。

エステルハージ・ペーテル
加藤由実子、ヴィクトリア・エシュバッハ＝サボー訳

女がいる

ユーモラスに、猥雑に、幻想的に、フェティッシュに、「女」との抜き差しならない関係を語る九七の断章。斬新な作風と言語感覚によって現代ハンガリーを代表する作家による、異色の「女性讃歌」。

ダニヤール・ムイーヌッディーン　藤井光訳

遠い部屋、遠い奇跡

一九七〇年代から現代までの、パキスタンのさまざまな土地と人々を鮮やかに描き出す連作短篇集。パキスタン系作家による心を打つデビュー作。ピュリツァー賞最終候補作品。

ハリ・クンズル　木原善彦訳

民のいない神

砂漠にそびえる巨岩「ピナクル・ロック」。そこで起きた幼児失踪事件を中心に、先住民の伝承からUFOカルト、イラク戦争、金融危機まで、予測不能の展開を見せる「超越文学《トランスリット》」の登場！

呉明益　天野健太郎訳

歩道橋の魔術師

一九七九年、台北。物売りが立つ歩道橋には、子供たちに不思議なマジックを披露する「魔術師」がいた——。今はなき「中華商場」と人々のささやかなエピソードを紡ぐ、ノスタルジックな連作短篇集。